Peter Camenzind
鄉愁

Hermann Hesse 赫曼·赫塞　　柯麗芬—— 譯 陳玉慧—— 審定

目錄

赫曼·赫塞、羅曼·羅蘭、卡夫卡

南方朔（文化評論家）

儘管赫曼·赫塞這個名字在近當代文學研究裡，已很少再被提到，但對台灣讀者而言，卻對他始終情有獨鍾，幾乎他所有的小說創作，都早在一九七〇年代即有了譯本。他一直是青年讀者探索生命意義和心靈境界的重要指標，這本《鄉愁》乃是他的第一本長篇著作，出版於一九〇四年，英譯本則首見於一九六一年，赫塞後來寫作的路徑圖，已在這部作品裡顯露出了端倪。

最後的浪漫主義英雄

在文學譜系上，赫塞和法國文豪羅曼·羅蘭（Romain Rolland,1866-1944）乃是經常並論的人物。赫塞比羅曼・羅蘭小十一歲，但他們兩人心性相通，從一九一五年到羅曼・羅蘭逝世的一九四四年都通信不斷，羅曼・羅蘭甚至在一九三九年的信中說：「你是我藝術和思想上的兄弟。」羅曼・羅蘭出道及成名較早，他於一九一五年即獲諾貝爾文學獎，赫塞則遲至一九四六才得到諾貝爾文學獎。而他們兩人的關係之所以特別值得重視，乃是他們分別是法德這兩個文學系統「最後的浪漫主義英雄」。這兩個從十九世紀過渡到二十世紀的文學宗師級人物，他們面對著人類思想業已巨變，由「信」往「不信」的方向移動，但他們並未因此而懷疑、犬儒，或走向嘲諷，而是更加確定那浪漫狂飆時代的核心價值，如自然及自由的哲學，以及心靈空間的開創。他們傳承了浪漫主義的香火。

因此，要瞭解赫塞，首要之務即是必須回溯浪漫主義整個人文運動的內在精神。浪漫主義繼承了理性啟蒙的遺緒，將自由與解放的樂觀價值首度推到了高峰，除了自由、平等、博愛、人道，這些現世面的解放外，在美學與哲學上，則出現了真善美合一、歌頌自然、肯定宇宙有情的新意義範疇，並將人類的心靈自由和意義探索，拉到了一個新的高度。在浪漫主義的諸巨人裡，雨果的偉大人道胸懷、華滋華斯的自然和宇宙胸襟、歌德對靈魂自由的探索、貝多芬的自由奔放和熱情、拜倫對公義世界的追求，都將人文關懷的向度做了無限寬廣的擴延。

而羅曼．羅蘭和赫塞就是那個偉大人文傳統的繼承者。本質上，羅曼．羅蘭接近雨果的浪漫人道與浪漫自由精神。他的名著《約翰克里斯多夫》即是最好的例證；至於赫塞，在早期則接近華滋華斯，對大自然的盎然生機有著神祕的崇拜，對萬物一體，交互融合，成為一切生命的律動也有著契合的思維。儘管羅曼．羅蘭和赫塞對浪漫主義的切入點並不相同，但他們在浪漫人道關懷上卻都相同。第一次世界大戰爆發時，羅曼．羅蘭首揭反戰旗幟，不能見容於法國而飽受抨擊，緊接著，赫塞也在瑞士《新蘇黎世報》發表反戰文章，被德國人指為叛徒，但赫塞卻受到羅曼．羅蘭的聲援與支持，並開始了法德兩個最後的浪漫主義英雄長達三十年的忘年友誼。

在此特別將法德這兩個最後的浪漫英雄那段友誼故事加以強調，其實是要指出文學史的一個重要轉折。整個近代文學，在走完十九世紀而進入巨變的二十世紀後，由於世界動盪，災難的頻仍，那種以「信」為核心的浪漫主義已愈來愈感挫辱無力，人類開始進入以「不信」為核心的現代主義這個新的階級。在文學史上，比羅曼・羅蘭、赫塞略晚一點的卡夫卡（Franz Kafka,1883-1924），可以說即是替現代主義走出新路的先驅之一，他的《審判》、《城堡》等著作，已看不到對世界可以變得更好的熱情，剩下的只有森然冷酷的生存情境，以及人對生命意志的懷疑。文學做為熱情、浪漫、生命探索媒介，因而顯露出淋漓生機的那個階段，已開始要漸漸淡出了。

在文學隨著時代而巨變的時候，像赫塞及羅曼・羅蘭這樣的人物，他們儘管見證了十九世紀末歐洲的動盪，甚至兩次世界大戰的黑暗，以及不同國族間的仇恨對立，但這並不影響他們對樂觀浪漫主義的信念，放在二十世紀文學史上來看，那就成了難得的空谷跫音。這也是儘管他們那種高度感性、自我，並直接的文體，現在已很少有人還會那樣寫了，但他們那些熱情含量很高的作品，在幾經變易的當代，對讀者仍極具魔力。特別是赫塞的作品，在一九六〇年代不滿青年昂然而興的時代，他那種追求心靈境界的訴求，仍能打動許多年輕的心靈。浪漫主義文字可能會不合時宜，但只要人有心追求，它就有了再起的空間。

《鄉愁》——浪漫主義心靈成長小說

有關赫塞的生平及作品的探索，前人已做了許多。而非常值得注意的，乃是赫塞雖作品豐富，但他由始而終，無論思想和風格都有清晰的一致性和連貫性，因此這本他的首部長篇作品《鄉愁》遂成了人們進入他的世界的第一道大門。由於浪漫主義作品通常都有明顯的「成長小說」特色，由作品裡可以看到成長過程中的慾望、挫折、困境，以及脫離困境的反省和決斷。這是生命的痕跡，由此而顯出未來的方向，而《鄉愁》就讓人看到了赫塞踩出的第一步，後來的一切都是這一步的延長。

這部作品寫阿爾卑斯山區一個農家子弟的人生追求。他因家貧和父親的保守，原本注定在山村終老，但教區神父惜才，而讓他得以唸中學，最後是到蘇黎世唸大學。在求學過程裡，他有過各式各樣的人生遇合，曾被中學朋友羞辱，也曾在大學受到益友的幫助，此外他也有過多次單戀和未成功的戀情。他曾有過在雜誌上寫文章而小有名氣的喜悅，也曾心情苦悶而酗酒沉淪，但他也在照顧身障無告者的經驗裡分享到關懷與喜悅，最後他仍做了反璞歸真的選擇，而開啟了人生的另一頁。

因此《鄉愁》乃是部典型的浪漫主義心靈成長小說。由於它對自己對整體都寄託著極大的浪漫想像，因而整部作品都充滿了向上提升的力量，並表現在直接、動人的語言敘述風格裡，這和後來現代主義作品由於失去了信念，文字也和心情一樣轉趨晦澀完全不同。正因為他對自己和世界的未來抱有夢想，因而在遭到挫折時，他總是反而能轉個彎就重新彈跳而起，書裡有如下兩段可做為他心情的總結：

──「我一直有個願望，期望能寫就一部非凡的作品，使人們更瞭解大自然宏偉而靜默的生命，進而愛上它。我想教導他們傾聽大地的律動，共築生命的圓滿，同時告訴他們，在命運微妙的運轉底下，不要忘記自己並非神仙，無法獨力創造。我們只是大地的兒女，宇宙的一部分。我想提醒大家，河流、海洋、浮雲與暴風雨，誠如文人的詩句和夜裡的夢境，都是我們內心的寄託與象徵。這些渴望的存在不容置疑，將展翅於天地之間，朝向不朽飛奔而去。每個生命都確實擁有這些權利，大家都是上帝的孩子，可以毫無畏懼地依偎在永恆的懷裡。」

──無垠的地平線也撼動著我。我像回到了兒時，再次看到清新蔚藍的遠方敞開大門迎向我。我再次意識到，自己天生不適合久居人群，囚困在城市與公寓裡；命中注定得流浪異鄉，如同在大海漂泊。一股莫名的激情，喚醒心中久違了的悲愁，我願投入上帝的懷抱，渴望以卑微的生命，與永恆結盟。」

在此引述這兩段句子，其實已可看到赫塞由始而終的那種「現實──理想」、「衝突──超越」、「沉淪──提升」自我對話風格。而它最終則以人我合一、人與永恆合一、人與自然合一，在永恆的懷抱中得到生命的狂喜。這是浪漫主義裡最高的神祕主義境界。另外的浪漫主義大師如華滋華斯、布來克（William Blake,1757-1827），也都到了這種境界。赫塞這浪漫主義最後掌旗人，與前賢相比，更加青出於藍。

重讀赫塞，重溫理想的光輝

赫塞巨著不斷，他中期最重要的《荒野之狼》（Der Steppenwolf），以心理分析雙重人格的角度，剖析人的「狼心與良心」自我爭戰的勝利，來標誌人性的必勝。他晚期最重要的《玻璃珠遊戲》（Des Glasper Lenspiel），則要為不分東西方的世界，打造一個超脫政治、經濟和道德動亂的精神王國。赫塞橫跨西方基督教、東方佛教及印度教，兼對中國儒道兩家皆有涉獵，而且程度並不泛泛，這遂使得他最後這部《玻璃珠遊戲》，有了更大的走向未知的宇宙胸懷。他會在一九四六年這個二戰剛結束的時間點上獲頒諾貝爾文學獎，其實是在推崇他那跨越藩籬、眾生平等、天人合一的世界襟懷。他曾經說過，世界是個表象，看起來各自殊異，但在那根部，則是所有的皆相濡相生。他那浪漫情懷所看的，就是這個根本，這也是今日重讀赫塞，要對那根本格外看重的原因。

浪漫主義的時代早已成了過去，昔日人們的熱情已被冷漠所取代，而由於熱情始可能產生的盼望則被苦澀的犬儒心情所掩蓋。當文學不再以「光照」為目標，文學存在的意義也就讓人懷疑起來。重讀赫塞，緬懷前賢，去體會那些浪漫的理想光輝，讓人們變得更加恢弘，或許才是可以有的覺悟吧！

我的赫塞鄉愁

陳玉慧（作家）

少年時代，第一位啟蒙我的作家是赫曼．赫塞，那年我十六歲，是個既頑固又悲傷的少女，老是和自己做對，且不明白這世界到底是怎麼回事，那些年赫塞安慰著我，讓我知道：人世如此不盡美好，而追尋自我的道路又如斯孤單。或許因為他已明白揭櫫過那條道路的路標，或許，爾後，我才覺得發生在我身上的一切都那麼正常與自然。

赫塞告訴我的是：追求自我實現是必然之事，但卻又是多麼的不容易。或許，赫塞替我打了預防針，悲觀的我再怎麼沮喪，自始至終一直堅持走在自我之路，沒有退縮或妥協。就像他說的，每一件事情的開始都是個魔術，它會保護我們，幫助我們活下去。還有，神讓我們陷入絕境，並非要毀滅我們，而是要讓我們去發現新希望。

我第一本讀的是《徬徨少年時》（Demian），那舊書我到現在仍保留著，有時還會拿出來翻閱，看著以前用筆的加線和加注，回味自己的年少。如果沒有赫塞，我一定更頑固及更悲傷，對人世更不解。

後來，我讀了赫塞其他的作品，我發現，赫塞的作品一直有自傳的成分，不管是《徬徨少年時》的德密安，或《流浪者之歌》裡的悉達多王子，或《鄉愁》的培德．卡門沁特，其實都是同一個人，也是赫塞他自己。

等到我自己開始寫作後，我也才知道，無論寫什麼故事，我其實也都是在寫自己。但是要像赫塞那樣完全沒有保留地把他人生或成長過程中的各種挑戰和質疑寫成一個他人求道的故事，在這一點上，他是絕無僅有的作家，文學史上也只有他，選擇直接面對自我的人生命題，並且為題下作，寫那麼多書。

我常憶及，他的年少是多麼不幸，敏感纖細的他被父母逼迫去唸神學院那些日子是怎麼過的？為什麼他那時有自殺傾向，把買教科書錢拿去買了一把槍？後來他果真自殺了，所幸，槍枝恰好事先不巧走火，救了赫塞一命，赫塞後來把「人世」（die welt）二字書寫於牆上，從此再也不想自殺了。

「人世」二字成為解救他的救贖。

那時他宣稱「不是詩人，便什麼都不是」，已經寫了許多詩，實際上，他早在十三歲時便寫，從來沒斷念，二十七歲那一年，他出版了這本《鄉愁》，從此一夕成名，躋身暢銷作家行列，年少的赫塞便能以優美的德文寫作，還好他沒死，後來不但本本作品洛陽紙貴，他甚至還得了諾貝爾文學獎。

赫塞在二次大戰前後一度被歐洲文藝青年視為精神導師，作品暢銷無數國家，在一九五〇年代，也是各地嬉皮的圭臬，那是拜他崇尚自然和遵守和平主義之故，時到今日，他仍然是世界各地青年最常閱讀的作家，網路上到處都截取他的文字和思想。

而我想，赫塞是佛教徒，他是東方的，中國文化思想深深影響著他。否則怎麼可能寫出像悉達多王子那樣的作品？不然便是繪畫救了他，我看過許多他的水彩畫，安靜，簡潔，明亮，繪畫投射他靈魂的正面，讓他忘記負面。那些年，他和第三任妻子妮儂住在瑞士盧加諾湖，他熱愛南國山水風光，有一陣子整天在做畫，那些顏色和線條組合緩和了他晚年的情緒，那些繪畫中的風景正是他內在的生活秩序：他渴望回歸大自然。

除了崇尚大自然和熱愛藝術，赫塞一直有宗教家的氣息，在許多書中，他強調友情和博愛精神以及承擔社會責任，他仰慕苦行僧聖方濟，從小對學院教育不適應，但一直對手工藝深感興趣，還一度當過工人，長大後喜歡旅行，尤其去義大利。

上述這些人生面向在他的第一本書《鄉愁》中幾乎已顯現出原型。之後，他在其他作品也充分讓這個原型繼續發展。

此外，他母親的早逝及父親對他嚴厲的處罰也造成他人格極大的陰影，這些在很多作品中也都可讀到，在《鄉愁》中，母親更早便死了，而培德．卡門沁特仍然有自殺傾向，與父親終成陌路人。在寫《徬徨少年時》前，赫塞和榮格的學生藍克做了很長的心理分析，終於把童年惡夢和盤托出。他原來是榮格忠實信徒，但後來他揚棄榮格接近佛洛依德的理論。

赫塞的創作主題是自我追尋，他雖認為個人化是必然的，但個人不必與社會對立，對待社會，他是寬容的，他甚至強調社會責任和義務，強調友情和博愛，赫塞個人的博愛精神從第一本長篇《鄉愁》起，到最後一本傑作《玻璃珠遊戲》全都表露無遺，諾貝爾文學獎必須頒給他。

誰最推崇赫塞？德國作家湯瑪斯曼及法國作家羅曼・羅蘭。兩位恰巧也都是諾貝爾文學獎得主，那些年，赫塞被納粹列入黑名單，他的反戰立場激怒了許多民族主義思想的德國人，大半輩子都流亡瑞士，後來乾脆放棄德籍歸化瑞士，那些年，那兩位朋友經常通信鼓勵他。湯瑪斯曼極度推崇的作品是赫塞當年以主人翁辛克萊之名發表的《徬徨少年時》，他認為那書直追喬伊思的《尤里西斯》和紀德《背德者》的重要性。

赫塞的反戰和平思想到今天還影響無數西方年輕人，尤其是德國人，他們從小便必須在課堂上讀他，許多德國作家的寫作受到他的啟發，許多人也因為他而接觸東方或佛教文化，赫塞作品的自覺與自省態度深深改變了德國民族的內在靈魂。

在重新閱讀《鄉愁》這本書時，我跟隨著赫塞到了瑞士，去了我也摯愛的義大利，看到他如何在文學中獨自學步，如何陷入無望之愛，如何酗酒度日，又如何在友情中找回歡笑，重讀這本書，必須驚嘆：此書竟然出自一位二十七歲的作家，而這位二十七歲的作家已有多少的人生智慧！我再度對赫塞的《鄉愁》充滿鄉愁。

學習加倍濃烈的喜怒哀樂

楊照（作家）

少年時期翻讀赫曼・赫塞的《鄉愁》，過程極為戲劇性。

書的開頭部分有許多關於故鄉村莊與大自然的細膩描寫，卻缺乏可以引人興趣的故事情節。順著一行行的文字讀，逐漸接受了這應該是一本以辭藻取勝的長篇散文，而非提供懸疑變化閱讀樂趣的小說，因此開始猶豫遲疑要不要耐住性子繼續讀下去時，突然書裡那個叫培德・卡門沁特的主角幹了一件奇怪的事。

他愛上了一個叫蘿西的女孩，想要送花給蘿西，他原本想爬到險坡上摘幾朵薄雪花，卻嫌薄雪花不夠漂亮，於是冒著生命的危險，他鼓起勇氣去摘掛在懸崖上的阿爾卑斯玫瑰。他必須用嘴咬住剪下來的花枝，才勉強手腳並用安全從崖壁上下來。然後坐了五個小時的火車回到城裡，他把艱苦得來的阿爾卑斯玫瑰包好，走到蘿西家，趁機從開著的大門溜進去，「張望了一下傍晚微暗的走廊，把隨意包紮的花束放在寬闊的樓梯上」。

「沒有人發覺，不過我也無從得知，蘿西是否收到我的問候。但是攀爬懸崖，冒著生命危險，只為把玫瑰放在她家的階梯上，儘管有些酸楚，其中的甜蜜、喜悅和詩意還是讓我愉快，至今餘韻猶存。」

少年時讀到這裡，我心中暗叫：卡門沁特，你這個笨蛋！蘿西怎麼會知道那花是要給她的？就算猜到花要給她，蘿西又怎麼知道那花是你送的？就算猜到花是你送的，她也不可能知道你為了摘這朵花所冒的險與耗費的心力啊！卡門沁特，你這個笨蛋、笨蛋！

可是這樣罵的同時，內在有某根神經被觸動了，隱隱地同意了卡門沁特的做法，感受這裡面的愛情有我過去不曾想過的更深層的道理。

愛的不必回報，愛的自足自證，還有愛情進入我們生命，因而幫助我們超越了原本的生命，完成了原本不會做原本無法完成的事，愛情創造的生命奇蹟本身是一份巨大的、無可替代的滿足，甚至勝過想要從愛情得到對方回應的要求。

很難形容那莫名的震撼。少年的我把書放下來，遲遲無法讀下去，不是因為擔心書會太枯燥無聊，相反地，擔心書裡還有更多這種衝擊震撼的內容，捨不得就這樣任意讀過去。

後來當然還是讀了，時快時慢忽快忽慢地讀。書的內容常常顯得如此熟悉，引誘人快快讀。少年成長生活中會遇到的同樣困惑。愛情，尤其是單戀，以及被年紀較大的女性吸引的經驗，濃烈的愛情，卻只能用笨拙的語言與行為試圖表達，在表達的過程中苦嚐一次又一次的挫折。

還有對於友誼的想像與追求。與朋友相處得到溫暖的安慰，卻也往往在和朋友相處中彆扭、受傷，觸動了自己最孤獨孤僻的陰暗性格。

還有自我的追尋，我是誰、我想做什麼、我能做什麼的困惑，乃至恐慌。追尋自我過程中，必然與大人、與大人的秩序發生衝突齟齬，嚮往大人能夠得到的尊重對待，卻又看不慣大人的庸俗與無趣。

這些經驗，《鄉愁》裡的卡門沁特和我們如此相似。

然而書裡卻又無可避免透露出再陌生不過的氣息氣氛，讓我每讀一段，就不得不放慢速度，苦澀地咀嚼思索。

像是他面對母親與小艾姬與好友波比三次死亡時的態度。每一次那死亡都緩緩降臨，無從逃躲，他也竟然都能不逃不躲，在生命終極的損傷中得到豐富的記憶。

又像是他和艾兒米妮雅深夜湖上泛舟中，既不浪漫卻又最浪漫的對話：

「我可否問您，這份戀情令您感到幸福？悲傷？或者二者都有？」

「啊，愛情並非為了使我們幸福，而是要讓我們知道自己的承受力有多強。」

又例如去到阿西西遇見了愛上他的寡婦，卡門沁特對於不求回報的愛情有了相反的體會：「以前總以為，不須回報的被愛是一種享受。當下，我卻明白了，面對一份無法給予回應的深情，如此令人難堪。」他的態度改變，包括重新評價自己當時徹底不求回報送給蘿西的那朵阿爾卑斯玫瑰嗎？

我這樣一邊閱讀，一邊油然生出了淡淡卻堅持的決心，我一定要弄清楚，赫曼．赫塞筆下的卡門沁特，他的生命和我自己，我周遭其他少年的生命，究竟差異何在？花了二、三十年的時光，我才逐漸摸索出方向，找到了一些答案，或者該說，通向答案的線索。

卡門沁特比我們幸運，在多重情境的環境裡成長。他和大自然間如此親切，他有著全幅完整的田園視野，更重要的，他不斷和其他生命的精采典故相遇。他和李亞特前往義大利浪遊，追索十五世紀文藝復興初期的藝術與人文感受。他研究中世紀的聖方濟，到阿西西體會聖方濟的貧窮，與貧窮中生出的最大慷慨與無邊愛心善行。他廣泛閱讀不同時代不同文明的書籍。

雖然這本書的德文原名就叫《培德．卡門沁特》，雖然這本書從頭到尾籠罩在培德．卡門沁特個人的心思與敘述中，但這表面的單聲道中包藏的，其實是多重生命意義的交疊交雜。透過其他生命，愛情對象、朋友以及古往今來的文明累積，卡門沁特得以在有限個體經驗中，開發近乎無限的喜怒哀樂感受能力。是的，他和我們有著相近類似的喜怒哀樂，但他的喜怒哀樂，加倍強大、加倍寬廣，因而在如此寬廣幅度中訓練出來的生命，就能夠飛到我們上不了的高度，潛到我們下不了的深度。

除非，我們願意動用自己生命中的一切能量，以敏銳的想像緊緊閱讀，不甘心地跟隨培德．卡門沁特上山下海，讓他的生命高度深度，變成我們生命的高度深度，或至少是，我們生命高度深度的量尺。

因為赫塞……

蔣勳（作家）

讀高中的時候，赫塞的作品陸續譯成中文在台灣出版：《鄉愁》、《徬徨少年時》、《流浪者之歌》。因為赫塞我喜愛上一種獨白式的文體，像日記，也像書信；像孤獨時自己與自己的對話。赫塞的文學可能影響了一代的青年走向追尋自然、流浪、孤獨，追尋自我的覺醒。

鍾文音（小說家）

說來赫塞似乎扮演了我少女時期的精神導師，那種恆常安靜的靈光片語，帶著愁思真摯的美麗思想，時時激盪著年少的心。我愛赫塞，一直都愛。他的書一直是我年輕時期的身邊書，那些年他一直是我心裡的人。

於今我年紀已漸長，我希望赫塞的《鄉愁》仍然可以影響一代又一代的少男少女。簡潔平實的文字力量，誠摯地覺察著生活細節與往事種種，對自然大地的臣服描摹，對感情與生命的幽微傷感……他就這樣地迷住了我。我於今回想，還好當年我的偶像是赫塞而不是別人，於是我某個部分悄悄地被他形塑成今天的我，原來這一切都有跡可尋。重讀赫塞，彷彿從書本裡走出一個不知何去何從卻又懷抱夢想與帶著傷感的少女身影……

Hermann Hesse

Peter Camenzind

1

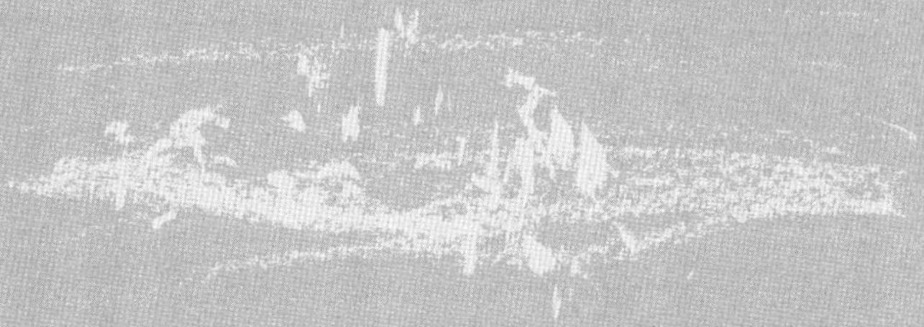

天地萬物始於傳說。就像偉大的上帝分別賦予印度人、希臘人和日耳曼人不同的靈魂一樣，傳說也在每個孩童的心中孕育不同的故事，而且日新月異。

兒時，還不知道故鄉那些山川湖泊的名字，只看到一片靜謐的藍綠湖面，在陽光下閃耀著點點波光；看到湖的四周連綿的陡峭山巒，山壁遍佈亮白的積雪和涓細的瀑布；看到山腳下的草原，斜坡上稀疏點綴著果樹、茅舍和高山灰牛。年幼的心靈如此貧乏、寧靜，而且充滿期待，於是，便讓山林湖泊的精靈在心中寫下他們的英勇事蹟。渾身傲骨的巉巖，用那令人敬畏的口吻訴說歷經風霜的往事、累累傷痕的由來。當年地層崩裂、彎曲，山脊在陣陣呻吟聲中，從飽受折磨的大地隆起。各個岩峰轟隆隆彼此咆哮，競相朝天空聳立攀高，直到斷裂為止。孿生的高山在絕望的困境裡廝殺，勝利者將兄弟摧毀到一旁，得以向上伸展。直到現在，都還看得到當初那些因推擠、斷裂，崩落山谷的岩塊。每逢融雪，洪水往往沖下房子般大小的岩塊，不是將之如玻璃般粉碎，就是重重深嵌在柔軟的草地上。

岩山不斷重複著同樣的故事。看看懸崖峭壁上那層層疊疊的皺褶，就不難了解它們想要傳達的訊息——「我們經歷了可怕的災難，」岩山說：「即使到現在仍受著苦。」不過，言談間卻透露著莊嚴、堅毅的驕傲，宛如一群飽經沙場的老戰士。

沒錯，戰士！早春嚴寒的夜裡，我目睹它們和暴風雨生死搏鬥。當狂怒的焚風在蒼老的山頭上咆哮，洪水頻頻從山側沖刷一塊塊岩石，這樣的夜裡，群山憑藉著堅毅不拔的根基，屹立不搖，勇敢迎向暴風雨的侵襲，突破層層積雲，使盡全力頑強抵抗。受傷時發出的怒吼，令人不寒而慄，悲憤而淒厲的呻吟，更不斷迴盪在山谷中。

我也看到草原和山坡，甚至岩罅裡蔓生的雜草、野花、蕨類和苔蘚。一花一草皆有個意義深遠的古老名字，它們是山的子孫，繽紛燦爛、與世無爭地生活在自己的王國裡。我撫摸它們，觀察它們，輕聞它們的香味，記憶它們的名字。望著樹木，我則深受感動。每棵樹莫不是煢煢獨立，各自形塑自己的枝幹和樹冠，映落一地獨特的綠蔭。它們和山很像，同是隱居修行的戰士，尤其是高山上的樹。樹為了生存，沉靜又堅韌地和狂風飛石、種種天候不斷爭戰。它們各自挑起重擔，努力向下扎根，因而有了各個姿態和不同的傷痕。例如有些赤松，暴風雨只允許它們朝某一方向開枝散葉；有些則像蛇一般攀纏著岩石，最後二者緊緊成為一體。每當樹木像戰士般凝視著我，總令我心生敬畏。

故鄉的男男女女，就像這些群山萬樹一樣，堅毅不撓。他們臉上佈滿嚴肅的皺紋，沉默寡言，而且愈是優秀愈是安靜。所以，我學會像觀察樹或岩石一樣，觀察、思索人們的一切。相較於面對靜默的赤松，沒有少一分尊敬，也不會多一點喜愛。

我們的村莊叫做尼米坎，位於一個面湖的三角斜坡上，夾在兩座突出的山巒間。村裡有兩條路，一條通往附近的一間修道院，另一條則通往鄰村，路程四個半小時；要去湖對岸的村落就必須靠水路往返。這裡的房子都是老式的木造建築，屋齡不可考，幾乎沒有新蓋的房子，即使老舊的房舍，也僅僅視需要做局部的整修。今年修地板，明年補一下屋頂。有時候，屋頂的椽木會是屋裡的半根樑，和牆壁上拆下來的木板組合而成。萬一這些木材派不上用場，劈成柴薪又很可惜，就會把它留下來，待下次整修馬廄或貯藏草料的頂棚時，再加以利用，或者拿來當門閂使用。村民的活動也大致如此，尚有餘力，盡量扮演好自己的角色，然後慢慢地退居幕後，輔佐家族，終而無聲無息地消失在黑暗中。如果有人出外多年，再回到這裡，他會發現，除了一些老舊的屋頂翻新，一些當年整修過的屋頂變舊之外，故鄉的一切依然如昔；縱然舊識的老人家不在了，但是又有另一批同姓的白髮老人住在同一間屋子裡，守護一群黑髮孩童。他們的表情和動作幾乎和先人一模一樣。

我們的村子欠缺外來的新血。這群還算精力充沛的人們，彼此大都有著姻親關係。超過四分之三的村民姓卡門沁特，這個姓氏填滿了教區的名冊，也充斥教堂墓園裡的十字架上；或以油彩、粗獷的雕刻，閃耀在屋舍門牆上；就連馬車上，或者馬廄裡的桶子和湖面上的船身，也都隨處可以看到這個姓氏。我家大門上也寫著：「約斯特和法蘭西斯卡・卡門沁特建造此屋」。不過，那不是指我父親，而是他的祖先，也就是我曾祖父。即使我將來身後沒有子嗣——這點我現在十分確定，只要老房子還在，還有個屋頂可以遮風避雨，就會有一個叫卡門沁特的人搬進去。

表面上看起來，大家顯得一樣善良、虔敬，不過村裡的人還是有壞人和好人之分：有些氣質高雅，有些舉止低俗；有權貴之家，也有卑微之室；聰明人外，也有一小群行為怪異但不笨的傻子。如同其他地方一樣，呈現大千世界的一個縮影。由於大人物和小平民、鬼靈精和傻子彼此都是親戚，於是一個屋簷下，常常可見咄咄逼人的傲慢和目光短淺的魯莽彼此較勁、傷害。生活同為人性的嚴肅和荒謬提供了揮灑空間，只不過蒙著一層刻意隱瞞，或毫不自知的抑鬱。長期受制於大自然的無奈，和勞碌生活的艱辛，使得原本就顯老的村民更加矜持內斂。雖然這項特質相當吻合大家輪廓鮮明、深沉嚴肅的臉龐，但是二者之間從未激出任何火花，甚至也沒什麼值得喜悅的。所以，大家就很慶幸身邊有幾個傻子。他們雖然還算是沉靜、穩重，但偶爾會為生活增添些色彩，為大家帶來開懷大笑的機會、消遣揶揄的樂趣。一有哪個傻子又做了蠢事，大家便議論紛紛，黝黑且滿是皺紋的臉上立刻閃耀著見獵心喜的光芒。消遣揶揄的樂趣中，實則有幾分偽善的優越感。他們為自己不會做同樣的蠢事或犯同樣的錯誤，沾沾自喜。我父親也屬於這類的人，遊走在正義與邪惡中間，企圖從中獲利。所以，任何一件蠢事都讓父親有種共犯的不安，他十分可笑，在對主事者的讚嘆，和自己的優越感間搖擺。

我的康拉德舅舅則是屬於那群傻子。事實上，他並非比我父親或者其他人笨，甚至絕頂聰明，總有源源不絕的點子。只是這項值得稱羨的才能，從來沒有成功過，而他也沒有因此垂頭喪氣，或變得內斂沉潛；相反地，越是不斷嘗試新的挑戰，對自己作為中的荒謬與悲哀，越顯得莫名的亢奮。這無疑也是他的優點，不過卻成了大家揶揄的怪癖，讓他置身村子裡小丑的行列。我父親對他的態度，時而讚嘆，時而輕蔑。即使企圖用嘲諷掩飾內心的興奮，舅舅的每個新計畫都引起他莫大的好奇。每當舅舅自認成功在握，表現得洋洋得意，父親就不禁和這位天才稱兄道弟，無非是想沾點光。一旦計畫失敗，舅舅通常只是聳聳肩，一副無所謂的樣子；父親則怒火中燒，冷嘲熱諷地羞辱他，連著幾個月不和他說一句話，也不看他一眼。

我們村人得以見識到帆船，全拜康拉德舅舅之賜。為了這項創舉，父親損失了他的小船。一開始，舅舅仿照月曆上的版畫，俐落地在船上架起了桅杆和索具。至於船身太窄，很難改造成像樣的帆船，就不能怪舅舅了。準備工作進行了好幾個星期。父親滿心期待，焦慮到幾乎坐立不安。連鄰村的人也談論著康拉德・卡門沁特的新計畫。一個夏末風大的早晨，帆船終於要下水了。那是一個值得紀念的日子。父親怕是有點不祥的預感，所以站得遠遠的，而且不准我上船，真是令人鬱卒！只有麵包師傅的兒子福斯利同行，不過全村的人都紛紛站在廣場上或院子裡觀看，一起見證這件前所未見、轟動一時的大事。強勁的東風吹向湖心，麵包師傅的兒子划起槳，船隻順風揚帆，傲然遠去。大家讚嘆著遙望船消失在岩崖的轉彎處，準備等候迎接我這位優秀的舅舅回來，報以英雄式的歡呼，同時暗自為先前藐視及懷疑的心態感到羞愧。帆船於夜裡歸來了，不過船上的帆已經不見，兩位水手也狼狽不堪。麵包師傅的兒子一邊咳一邊說：「你們喪失大好機會了！這個星期天原本有兩場葬禮的酒可喝的。」我父親必須為小船更新兩塊艙板。從此以後，碧藍的湖面上再也不見風帆飄揚的景致了。好一陣子，每當康拉德舅舅行色匆忙，總會有人在他身後喊道：「康拉德，記得帶著帆喔！」父親壓抑著一股怒氣，但只要遇到我可憐的舅舅，就馬上撇過臉去，啐一大口唾沫，極盡鄙夷。直到有一天康拉德又帶來耐火的烤箱計畫。不過，這計畫又為舅舅帶來無盡的嘲笑，也讓父親損失了四個白花花的塔勒銀幣。自此誰膽敢跟父親提起這檔事，誰就倒大楣！過了很久，有一次母親在家裡經濟困窘時，不經意說道：要是沒有白白浪費那筆錢就好了！父親一聽，馬上滿臉通紅，努力克制著情緒，只回答：我還真希望是我把錢拿去喝酒喝個夠！

每年冬天臨去前，焚風伴隨沉重的呼嘯而至，讓阿爾卑斯山人聽得膽顫心驚，日後置身異鄉，鄉愁中總也包含對它的思念。

焚風尚未到，男男女女，甚至家畜、野獸和山巒就已感受到它的接近。溫暖而深沉的颶聲前，幾乎都會先颳起一陣冷風。這時，碧綠湛藍的湖面頓時一片墨黑，並激起湍急的白浪；原本平靜無息的湖水，隨即轟隆作響，如海水拍打岸邊般波濤洶湧。天地彷彿瑟縮成一團。遠方朦朧的層峰疊巒，霎時清楚地可以細數上面的岩石；原本像似棕色點點的村落，也指得出屋頂、三角牆和窗戶。青山、草原和房舍，一切景物宛如受驚的牛羊，緊緊依偎在一起。接著狂風呼嘯而過，大地哆嗦，湖面浪花一波一波如煙霧飄散。到了深夜，暴風雨和群山展開殊死戰，怒吼哀嚎不絕於耳。不久，村落間便遍傳河水暴漲、屋舍倒塌、船隻摧毀和父兄失蹤之類的消息。

兒時我非常害怕焚風，甚至恨死它了；直到叛逆的青春期，我逐漸喜歡上它的暴怒、不老、爭強好鬥，以及它帶來春天的訊息。看它充滿活力，信心滿溢地戰鬥，怒號，狂笑著，嘆息著；看它咆哮穿梭峽谷，吞噬高山上的積雪，舉起粗糙的雙臂讓結實的老赤松折腰，哀哀呻吟，一切是如此壯觀。我更加深愛它來自豐盈的南方，帶來喜悅、溫暖而美好的氣息，一如湧泉源源不絕，隨後在山巒間奔放開來，終至疲憊地在平坦、涼爽的北方流淌、徘徊。焚風裡那股甜蜜的燠熱更是奇特、珍貴的景象。它隨焚風侵襲著人們，尤其是女人，使她們難以入眠，挑逗她們的七情六慾。那是南方，不斷以奔騰的熱情，向冷漠、貧瘠的北方投懷送抱，告訴白雪覆蓋的阿爾卑斯山村落，它來的紫色湖邊又開滿了櫻草花和水仙，杏仁樹也已再度開枝散葉。

當焚風歇息，汙穢的積雪也融化消退後，大地呈現了最美麗的景致：群山鋪上開滿花兒的黃色草皮，覆雪的山峰和純潔、幸福的冰河佇立在高處，湖水變得湛藍、溫暖，湖面映照著太陽和朵朵白雲。

這一切充實了童年時光，甚至一生。因為這一切乃不斷藉由上帝之語大聲宣揚，從來就不是透過人類傳頌，曾在兒時聆聽過這些故事，終其一生這些風花雪月都在耳際迴盪著，再也無法逃避那甜美、有力且又令人驚懼的點點滴滴。隱居山中的人們，可以成年累月研讀哲學或博物誌，將上帝遺忘，一旦感覺焚風壓境，或者聽到雪崩穿林的聲響，當下立刻內心顫抖地想起上帝和死亡。

我家有個用籬笆圍起來的小院子。裡面種了一些生菜、蘿蔔和甘藍類蔬菜；母親還從中隔出一條狹長的花壇，兩枝月季花、一簇大麗花和一小撮木犀草顯得瘦弱、受盡煎熬。緊鄰著院子，還有一塊更小的碎石地延伸到湖邊。地上放著兩個損壞的水桶、幾塊木板和幾根木樁，水邊停靠著我家的小船。當時每隔幾年都還會重新修葺船隻，為它塗上焦油。這些陳年往事深刻地留在我的腦海裡。春夏之交的溫暖午後，院子裡硫磺色的黃翅蝶在陽光下翩翩飛舞，平滑的湖面湛藍、靜謐，閃閃發光，山巔籠罩著薄霧，碎石地上飄著一股刺鼻的瀝青和焦油味。之後整個夏天，小船都散發著這種焦油味。多年之後，每當我在海邊聞到海水和焦油混合的氣息，眼前就會浮現我家那塊位於湖邊的碎石地。我又看到父親挽起袖子揮動著刷子，看到他的菸斗冒出淡藍色的煙霧，冉冉沒入寂靜的夏日微風中，還有亮黃色的蝴蝶上上下下羞怯地飛舞著。在那些個日子，父親心情總是出奇的好，嘴裡吹著悅耳的口哨，有時甚至還會哼點小曲，不過很小聲就是了；母親晚上則會做些好吃的菜餚。現在想想，母親當時之所以這麼做，無非是希望父親晚上不要上酒館。不過父親終究還是去了。

我難以說明，父母親對我幼時的成長有什麼特別的助益，或者阻礙。母親手邊總是有一堆事要做；而父親對於教養所花的心力，肯定要比對其他世事來得少。光是要照料那幾棵果樹、耕種馬鈴薯田和張羅糧秣就夠他忙的了。大約每隔幾個星期，父親晚上出門前，都會抓著我悄悄地走到馬廄上方貯藏草料的頂棚，舉行一齣「罪與罰」的儀式。我被狠狠痛打一番，而父親和我一樣始終不知道到底為了什麼。那是供奉給復仇女神祭壇的沉默祭品；沒有責備聲，沒有哀號聲，一場安靜的儀式，獻給一位神祕的主宰。多年後，每當聽到「盲目的命運」這個詞彙，那詭異的場景就會映入眼簾，儼然是抽象概念的具體事例。冥冥之中，我的好父親是在傳授一個簡單的教育理念——生命慣於加諸我們身上的晴天霹靂，是給予我們反省的機會，可以讓我們想想自己曾做錯了什麼，以致遭天譴？可惜我從來沒有，或者很少做這樣的自我檢討；相反地，往往一副無所謂的樣子，甚或倔強地承受這個「分期付款」的懲罰，一邊還暗自竊喜又繳了一次「貸款」，接下來可以休息幾個星期了。要是指使我去工作，我就極力反抗了，這時的我，表現得非常自我。慷慨又不可測的蒼天賦予我兩項矛盾的特質：異常強健的體格和同等特別的懶惰。父親竭盡心力，想要把我訓練成一個有用的孩子和幫手，我卻使盡詭計，逃避工作。唸中學時，我對大力士海格力斯的同情，比對其他神話中的英雄來得多，眾所周知的，此人就是被迫去做那些繁瑣的工作。我寧可在山間、草原或者湖畔閒盪。這樣的生活最美妙了。

青山、湖泊、暴風雨和太陽都是我的朋友，它們說故事給我聽並教導我成長。很長一段時間，我不但熟悉並且熱愛它們超過任何人類。不過相較於水光閃爍的湖泊或者悲傷的赤松和暖陽下的岩石，朵朵雲彩更是我的最愛，在這廣袤的世界，有誰是比我更瞭解和喜歡白雲的人！或者，請告訴我，世間還有什麼比浮雲更美麗的東西！觀看雲彩嬉戲玩耍，是我唯一的娛樂。它們是上帝的祝福和贈禮，也是憤怒和死亡的力量；它們像新生兒的心靈一樣溫柔、平和，如天使般美麗、豐盈與樂善好施；卻也像死神的使者一樣陰森、冷酷無情、難以躲避。層層薄雲銀光閃閃地在空中飄盪，鑲金邊的白雲笑著在天際滑翔，或黃、或紅、或藍，瞬息萬變。時而像殺手般陰沉，緩慢地匍匐前進，或像奔馳中的騎士，呼嘯地向前追獵；時而像抑鬱的隱士，悲傷、忘神地滯留在蒼茫的峰頂。它們有時形如極樂的島嶼和賜福的天使；有時狀如威嚇的雙手、飄揚的風帆、移棲的鶴群。彷彿人類慾望的寫照，總是徘徊在上帝的天堂和卑微的大地之間，它們也歸屬於兩個不同的際域，帶著凡世的夢想，將汙穢的靈魂依偎在純潔的天邊。它們是所有流浪、追尋、渴望與鄉愁的永恆象徵。正如雲彩心嚮往之並且倔強地飄遊於天地之間，人類的靈魂也戰戰兢兢地徘徊在有限的時間和永恆之間。

喔，美麗、飄浮、永不停歇的雲彩啊！我這樣一個懵懂無知的孩子，愛戀著它們、凝視著它們，卻不知道自己也將像一朵雲，一生漂泊，流浪各地，處處陌生，徘徊於有限的時間和永恆之間。打從孩提時候，雲就是我最親愛的朋友和姊妹。街坊巷弄相遇，我們每每要點頭問候，彼此凝視片刻。我也難忘曾向它們學習的事物，無論是它們的形狀、色彩、姿態，不管是嬉戲、舞蹈與停歇，還有那一則則天地間的傳奇。

尤其是雪公主的故事。場景在一處山腰，冬天才剛開始，山風還有些溫暖。雪公主帶著一小群隨從翩然降臨，想在寬廣的盆地或平坦的山頂歇憩。邪惡的北風嫉妒這位純潔的女孩，待她坐定，便悄悄舔著山緣順勢而上，倏地發出怒號，突襲她。它朝美麗的公主投擲一片片烏雲，高聲取笑她，想把她趕走。公主顯得有些坐立不安，旋即又耐住性子，靜觀其變。只見她有時候搖搖頭，懊惱地飄回來時的高處；有時候突然召集受到驚嚇的同伴，擺出銳不可擋的氣勢，舉起冷峻的手喝令眼前這個淘氣鬼。北風一陣錯愕，隨即哭號著紛紛逃離。於是雪公主又靜靜坐下來，身邊升起層層薄霧。不久，霧氣散盡，可以清楚地看到盆地和山頂閃耀著潔白及柔軟的新雪。

這個故事別具靈性，展現征服般的美感，深深吸引著我，宛如擁抱一個快樂的祕密。

不久，我也得以親身貼近雲彩，漫步其間，俯瞰足下層層浮雲。十歲那年，我第一次攀爬塞那爾普斯托克山，我們的村子就在山腳下。我初識到高山的威嚴與美麗。深不可測的峽谷，遍佈冰塊和融雪水流，碧綠清澄的冰河、奇形怪狀的冰川堆石，還有頭頂上渾圓有如鐘罩覆蓋萬物的穹蒼。終日侷促山巒湖泊一隅，被高山峻嶺團團圍住，十年來首次頭頂廣闊天空、視野一望無際，這一刻永難忘懷。途中，我就已深受震撼了。山下見慣了的懸崖峭壁，原來如此巨大驚人！面對眼前的豁然開闊，我既畏懼又讚嘆。世界超乎我想像的大！此刻遠方的村子，看起來只不過一個微小的光點；由谷底眺望，依稀近在咫尺的山巒，原來有好幾個小時腳程之遙。

我恍然大悟，自己以往只不過瞇得世界的一小縫隙，並未窺知宇宙的真相。山重水複，滄海桑田，絲毫不到我們村子那個隱居的山洞。我的心中不禁升起一股嚮往，猶如羅盤上抖動的指針，指向遙遠的前方。從此，當我看到雲彩漫遊無盡的天邊時，也終於懂得她們的美麗與哀愁。

同行的大人對我的好體力大加稱許，來到冰冷的山巔停憩時，還嘲笑著我那莫名的亢奮。而我卻變本加厲，激動得像牛一樣，朝晴空大吼起來。那是我最初對美無法言表的讚詠。一開始，我為宏亮的迴響所懾，但漸漸地它微弱得像鳥啼，甚至消失在寂靜的空無。頓時，我感到非常羞赧，便安靜了下來。

那一天無疑是我生命的破冰，爾後事情一件接著一件發生。首先，大人們開始常常帶我一起爬山，即使山勢險峻。我既興奮又不安，縱身山嶺的奧祕。然後是我當了牧童。我常去放羊的山坡上，有一處避風的角落，那兒開滿了鈷藍色的龍膽，和鮮紅色的虎耳草，簡直就是世外桃源。從那裡，望不見我們的村莊，就連湖泊也多半被岩石擋住，也只剩一條細長的水光；遍地亮麗繽紛的花海；蔚藍天空像帳棚一樣罩在覆雪的山頂上；山羊清脆的鈴鐺聲，和嘩啦啦的瀑布聲，交相傳來。暖日下，我躺在那個角落，讚嘆朵朵白雲，輕哼小曲。羊群似乎注意到我的懶散，開始蠢蠢欲動，嬉鬧了起來。不料，才無憂無慮幾個星期，美好人生便出現了痛苦的裂痕。我和一隻迷路的羊一起跌落峽谷，山羊死了，我除了頭部受傷，還被狠狠揍了一頓。我試圖離家出走，卻又在多方慰撫下，一路哀怨地被帶回家。

這原本應該是我第一個，也是最後一個歷險。果真如此，這本書就不會問世，也不會接著有那些困頓和愚行。說不定我就和某個女孩結婚去了，或者凍死在冰河裡。這其實也不壞。不過，一切就是難以預料。我無法拿發生的事和未發生的事做比較。

父親偶爾會到鄰村的修道院裡打點雜工。有一次他生病了，叫我代為告假。我沒有照做，而是向鄰居借來紙筆，冒名寫了一封文情並茂的信給修道院。我把信交給郵差的太太，然後就上山去了。

過了一個星期，有一天，一進家門就看見來了一位神父，正等候著那封信的作者。我有點害怕，卻沒想到他竟然一直稱讚我，還試著說服父親讓我跟著他學習。康拉德舅舅當時也在場，他在我們家的地位剛好又變得不錯，於是父親問了他意見。想當然爾，舅舅立刻熱情沸騰，直說我應該去唸書、上大學，成為一位學者、紳士。父親被說服了，於是我的未來，也如同那個耐火的烤箱、那艘帆船和許許多多異想天開的點子，成了舅舅的冒險計畫之一。

一場豐富的學習之旅就要展開了。拉丁文、《聖經》、植物學和地理學等，我都覺得很有趣，一點也沒想到，它們或許會讓我失去故鄉和青春年華。單是拉丁文還不至於此，即使我可以將各大名家的學說倒背如流，父親還是有辦法把我訓練成一個農夫。關鍵在於聰明的父親早就看穿我的底細，知道我根深柢固的惡習——懶惰得無可救藥，一有機會，我就會逃避工作，跑到山裡、湖邊，或者躲在山坡躺著看書、作白日夢。正因為這樣的認知，他終究放棄了我。

說到這兒，應該簡短談一下我的父母親。母親曾經是位美女，年紀大後只能從那娉婷的身影和優雅的黑眼睛，想見她當年的風采。她長得很高，體格非常強健，勤勞而且安靜。雖然和父親一樣聰明，體力也比他好，但是她並沒有因此獨攬大權，還是將一家之主的地位留給丈夫。父親的身材中等，四肢瘦弱，有個頑固、慧黠的頭腦，面色白淨，臉上佈滿細紋，特別是在額頭的地方，有一道短短的眉間紋。只要皺起眉頭，那道紋路就讓他顯得鬱鬱寡歡、備受煎熬的樣子，好像他正回想某件要事，卻偏偏什麼也記不起來。照理說，他外表上那股憂鬱的氣質應該顯而易見，只是村子裡的人誰也不在意，因為這裡的每個人，多少因為漫漫長冬和危險艱辛的生活環境，外加與世隔絕，幾乎或多或少都有憂鬱的傾向。

我從父母身上遺傳到一些重要的特質。從母親那裡，我傳承了些許的生活智慧、沉默寡言的個性和對上帝的信仰；得自父親的是，優柔寡斷、不善和金錢打交道，還有千杯不醉的本領。最後這項特質在我年輕時尚未突顯。外表上，我的眼睛和嘴巴像父親，和母親一樣舉止沉穩、體格結實。至於我的農人氣質，則拜父親甚至整個家族之賜，同時也繼承了他們抑鬱寡歡的傾向，個性深沉。既然命定漂泊在外，或許機靈和樂天，對我應該會好些吧。

於是，我穿上新衣，背負上述的諸多特質，踏上了我的人生旅程。父母親的遺傳後來證實了它們的用處，讓我在世上翻滾，始終自食其力。不過其中一定缺少了些什麼，而且無法以知識和人生歷練彌補。直到今天，我一如往昔可以爬山、健行，或者划上十個小時的船，必要時甚至還能空手制伏一個大漢，但就是成不了生活家。過去一股腦兒地接近大地與動植物，缺乏和社會互動的能力。長久以來，我的夢境就在在證明我多麼傾心於動物性的生活。我經常夢到自己是一隻躺在沙灘上的動物，多半是隻海狗，那份強烈的快意，每每會使我醒來後，為自己又回復那毫無歡喜、驕傲可言的人體，深感遺憾。

我上中學不用繳學費，還有免費的午餐可吃，還莫名其妙被指定唸語文學。再也找不到更沒用、更無聊、更悖離我的興趣的學科了。

幸虧中學生涯過得飛快。打鬧與上課的空檔填滿了想家的惆悵、對未來天馬行空的憧憬，以及求知的過程戰戰兢兢。偶爾天生的懶散也會跑出來作怪，招惹麻煩和懲罰，直到被新的熱情所取代。

「培德．卡門沁特，」希臘文老師對我說：「你這個倔強的怪傢伙，哪天你會撞得頭破血流。」我望著這個戴眼鏡的大塊頭，聽著他的演說，完全不知所云。

「培德．卡門沁特，」數學老師說：「你是個懶惰的天才。很遺憾沒有比零分更低的了，否則你今天的成績只有負二點五分的水準。」我看著他，為他的斜視感到難過，覺得他很無聊。

「培德．卡門沁特，」這一次是歷史老師：「你不是個好學生，不過有一天你會成為一個出色的歷史學家。你是很懶惰，不過還懂得事情的輕重大小。」

對我來說，這個稱讚沒什麼特別的意義。倒是我很尊敬師長，因為他們擁有知識，而我對知識一向滿懷莫名的敬畏。所以，我這個公認的懶惰鬼，學業還是進步了，並保持在中等以上的程度。我確實覺得，學校和教科書上的知識瑣碎、難解，但未來的發展則值得等待。我相信，在這些準備和吹毛求疵的知識後頭，必定蘊藏著純粹的知性，一份探究真理的執著。透過這些，我將明白歷史的黑暗混沌、民族間的戰爭，以及每個靈魂恐懼的緣由。

其次，我還有個更強烈的渴望，那就是想要有位朋友。

有位比我大兩歲，神態嚴肅的褐髮男孩，名叫卡司帕．豪利。他舉手投足自信而沉著，總是抬頭挺胸，充滿男子氣概，個性嚴謹，他很少和同學們說話。我暗地裡仰慕他好幾個月了，總是偷偷跟在他的背後，期望贏得他的注意。對和他打招呼的每一個人，以及他進出的每一間房子，我莫不羨慕又嫉妒。我想，即使面對同屆同學，他恐怕都自認高人一等了，更何況小他兩屆的我，所以，我們自始至終沒有任何交集。倒是有一個身小體弱的男孩不請自來，在我身邊跟前跟後。他年紀比我小，個性羞澀，沒什麼天賦，卻有一雙美麗的眼睛，和楚楚可憐的神情。因為身體瘦弱，加上有點駝背，他常常受到班上同學的欺負，所以尋求我這個壯碩的人的保護。不過，沒多久，他就因病輟學了。我一點也不想念他，甚至很快就忘了。

班上有位愛搗蛋的金髮同學，是個多才多藝的天才，擅長音樂、模仿和逗趣耍寶。我費盡功夫才獲得他的友誼。這位優秀的傢伙對待我老是一副施捨的態度。不過不管怎樣，我總算有了一位朋友。我到他房間找他，和他一起看書，幫他寫希臘文作業，他則教我數學當作回饋。我們偶爾也並肩散步，兩人看起來一定像一隻熊和一隻鼬鼠。他一向風趣、爽朗，從未有狼狽、不知所措的時候；聽他說話，我總被逗得哈哈大笑，暗自慶幸有這麼一位自在大方的朋友。不過，有一個下午，我撞見這個小壞蛋正在校門口使出渾身解數，表演他那拿手絕活給同學看。他剛模仿完一位老師，接著喊道：「你們猜猜看，這是誰！」說完便開始大聲朗讀荷馬的詩句。他把我模仿得維妙維肖：我發窘的模樣，顫抖的聲音，沙啞又生硬的山地腔，還有專注的神態，左眼頻頻眨動的樣子。他的表演極為滑稽好笑，甚至十分無情。

當他闔上書，接受滿堂喝采時，我走到他身旁，一心想報復。我不知道該說些什麼，於是狠狠賞了他一個耳光，直接表達我的憤怒與羞恥。不久，被老師發現他的愛徒——我的那位前友人在課堂上啜泣，而且臉頰紅腫。

「是誰把你弄成這個樣子的？」

「卡門沁特。」

「卡門沁特出來！是真的嗎？」

「沒錯。」

「你為什麼打他？」

我沒有回答。

「你沒有理由嗎？」

「沒有。」

我因此被嚴厲懲罰了一番，卻淡然沉浸在無辜受難的優越感中。然而，我畢竟既不高超，也非聖人，只是一個普通的中學生。就在挨打的當兒，我朝著我的敵人吐了個長長的舌頭，於是惹來老師驚愕地衝向我。

「你不覺得丟臉嗎？這是什麼意思？」

「意思是：坐在那兒的那位，不但是個壞心腸的傢伙，還是個膽小鬼，我瞧不起他！」

我們的友誼就此結束了。對方不再另尋同伴，而我也不得不孤獨地度過青春歲月。但無論我的處世和待人從此經過多少變化，我永遠都記得那一記耳光，而且深感驕傲。但願那個金髮男孩也沒有忘記。

十七歲那年，我愛上一位律師的女兒。她很漂亮。說起來有些得意，我一生中，所愛慕的女子莫不個個美麗非凡。至於曾為她們受過什麼苦，請容後敘述。這位女孩叫蘿西・基爾坦兒。時到今天，她仍然值得男士們追求。

那時候的我，全身充滿用不完的精力。我拚命和同學打架，自豪是角力、球類、賽跑和划船的高手，心情卻總是悶悶不樂。非關感情，只能說是早春恬適的傷感，影響我比其他人來得深，我樂於沉醉在憂鬱的幻想、死亡的念頭和消極的思索中。當然，同學送我的那本海涅[1]的《情歌詩集》多少也起了作用。其實，我並不算閱讀，而是全心投注在那虛無飄渺的詩句裡，一起悲傷，一起創造，在浪漫的氛圍中渾然忘我。那份激情之於我，儼然小豬穿大禮服。在此之前，我對所謂的「文學」毫無概念，但是在海涅之後，陸續的雷瑙（Lenau Nikolaus）、席勒，以及歌德、莎士比亞，使得原本模糊的文學幽影，突然躍身偉大的神祇。

我在這些書中感受一股舒暢的戰慄，聞到陣陣涼爽、濃郁的生命芳香。這個生命從未落腳世間，卻是如此真實，此刻它在我的心中興風作浪，試圖體驗命運的安排。我的閣樓房間裡，原本只會聽到附近鐘樓報時的鐘聲，和一旁築巢的鸛鳥篤篤的單調叫聲。而歌德和莎士比亞筆下的人物穿梭在我四周，人性的崇高與荒謬一一展現在我眼前，讓我知道人類心靈充滿矛盾及無可規範的謎題，以及歷史的深層意義和精神智慧的強大力量。藉著後者，我們得以在短暫的生命中，透過認知，將我們渺小的存在昇華臻至永恆的一環。從窄小的天窗探頭出去，我會看到陽光照耀著屋頂與巷弄，驚奇地聽到隱約傳來的擾攘塵囂；這個由偉大思想所圍繞的閣樓孤獨而神祕，我彷彿置身動人的奇幻世界。漸漸地，隨著書越看越多，俯瞰屋頂、巷弄與尋常人家引起的新奇越發強烈，不由得升起些許惶惑。或許我也是一個先知，眼前的世界正等著我擷取其一，掀去它偶然、平凡的面紗，以詩人的力量萃取精華，使免於毀滅，而永垂不朽。

1 海涅（Heinrich Heine, 1797-1856），德國詩人，著有《情歌詩集》（Buch der Lieder, 1827）、《德意志——冬天的童話》（Deutschland. Ein Wintermärchen, 1844）等作品。

於是，我悄悄地開始寫起詩來，不知不覺在好幾本筆記寫滿了詩句、故事大綱和短篇小說。這些文字都已不見了，或許也不值一提，但它們確實曾令我心跳加速，竊喜不已。很久很久之後，我才對這些嘗試有所批評和反省。求學生涯的最後一年，我首次經歷命定的重大打擊。當時我著手整理早期的寫作，滿懷狐疑地檢視著這些文字。正巧發現了幾本高特弗瑞德．凱勒[2]的書，隨即翻閱了二、三遍。我終於覺悟，我那些稚嫩的幻想，實際上距離真正的藝術有多遙遠。我全數燒燬了那些詩詞和小說，帶著難堪的羞愧，冷靜卻悲傷地望著這個世界。

---

2 高特弗瑞德．凱勒（Gottfried Keller, 1819-1890），瑞士寫實主義作家。著有：《綠色的海因里希》（Der grüne Heinrich, 1854/55, 1879/80），《塞爾德維拉的人們》〔Die Leute von Seldwyla, I 1856, II 187374：內含《嘟著嘴的潘克拉茲》（Pankraz, der Schmoller）、《三個正義的製梳師傅》（Die drei gerechten Kammacher）〕等作品。

2

關於愛情，我始終停留在純情少年的階段。對我而言，愛慕一直是一種淨化心靈的崇拜，是照亮幽暗內心的一團熊熊烈火，如同伸出祈禱的雙手，迎向藍天。探究原因，主要來自對母親的印象和自己模糊的概念，我尊敬女性，將她們視為美麗又神祕陌生的個體。天生麗質與穩定的內涵，讓她們優於男性，理該受到呵護珍惜；她們就像天上的星星與高山的頂峰，遙不可及，與神同等位置。但是坎坷的人生習以波折做為調味，我對女性的愛戀也是苦樂參半。面對高居神殿的女性，我這個膜拜的司祭往往淪為可笑的小丑。

幾乎每到餐廳吃飯，就會碰到蘿西。這個身材結實、體態柔美的十七歲女孩。纖細的臉龐、清新的棕色肌膚，散發著恬靜的靈性之美。即使是她母親，當時都還保有遺傳自祖先的姿色。這個優雅、備受上帝恩寵的古老家族，代代出了不少美女，個個端莊嫻靜、清新脫俗，深具貴族氣質，美麗無瑕。我見過最精巧的畫作中，有一幅富格爾家族[3]的女子畫像，那是十六世紀時，一位不知名畫家的畫作。基爾坦兒家族的女子，包括蘿西在內，就神似畫中人物。

然而，當初我尚不知道這樣的比較，只管單純的欣賞她散發的恬靜與明朗，感覺她自然流露的貴氣。此後，每當傍晚靜坐沉思時，腦海中便清晰地憶起她的形象，伴隨一陣甜蜜而奇特的戰慄，傳遍我那稚嫩的心靈。然而轉瞬間，喜悅又變成晦暗，令我陷入痛苦。我覺悟到，她是如此陌生，而她不但不認識我，甚至不會留意到我；由此，關於她的想像簡直就是一種剽竊。諷刺的是，每當這種感覺越強烈越折磨我時，她的倩影就越加栩栩如生地浮現眼前，在我心中氾濫黑暗的暖流，衝擊著最細微的脈動。

白天，這股波濤會在上課或者和人打架時，再度來襲。我不禁閉起雙眼，渾身無力，掉進溫暖的深淵，直到被老師的呼喚、同學的一記拳頭給喚醒。我逃離了人群，跑到戶外，如夢似幻地瞭望這個世界。驀然發現，宇宙多麼美麗繽紛，陽光、空氣如此遍佈萬物，河流如此清澈，屋頂如此透紅，青山又是如此翠綠。但美景並無法解憂消愁，我只能感傷地靜靜欣

3 富格爾家族（Fugger），十四世紀發跡於奧格斯堡（Augsburg）的德國實業家。初期經營紡織業，後來發展為龐大的貿易、採礦和銀行業。

賞。萬物愈是美麗，離我愈是遙遠，一切都與我無關，我只是個局外人。昏昏沉沉的思路接著又回到蘿西身上。此刻如果我死了，她不會知道，也不會聞問，更遑論為我悲傷！

然而，我並不渴望她的注意。我很願意努力為她做些事，即便送她一份禮物，只是不想她知道是誰做的或是誰送的。

我的確做到了。一個短暫的假期，我回到故鄉，每天挑戰自己的體力。一切都為了榮耀蘿西。我攀爬最險峻的山峰；數度駕船在湖中急速行駛，瘋狂地完成長距離航程；甚至在一次旅程結束後，精疲力盡、飢渴交迫下，竟然興起不吃不喝直到晚上的念頭。一切都為了蘿西。我帶著她的名字和對她的頌讚，登上偏遠的山峰，下至人跡未至的峽谷。

這樣一來，我那被教室壓抑了的年輕活力也獲得舒展，充分發揮。我的肩膀變寬了，人曬黑了，全身肌肉變得結實。

假期結束的前一天，我辛苦摘來一束花獻給我的愛。我知道在幾處險坡上開滿了薄雪花，但始終覺得這種銀白花朵，無色無香，缺乏生氣，一點也不美。我獨鍾孤立於懸崖岩縫間的阿爾卑斯玫瑰，花開得慢，姿色誘人，只是很難攀折。但是我絕不放棄。為了愛，加上年輕氣盛，凡事沒有不可能的，雖然雙手磨破了皮，雙腿抽筋，我終究還是到達了目的地。儘管緊張害怕讓我無法高聲歡呼，但當我小心地剪斷粗枝，將戰利品捧在手中，心中正歡愉地歌唱著。回程我得用嘴啣著花兒，倒爬下山。天知道，我是怎麼安然回到山下的。整座山的阿爾卑斯玫瑰早已凋謝，我手中握的，是當年最後一株蓓蕾。

隔天，五個小時的車程，我一直捧著花兒。一開始，我滿心雀躍，怦怦跳著迎向美麗的蘿西之城，但是隨著山巒漸行漸遠，強烈的鄉愁一把拖住了我。我至今都還記得那趟火車之旅！塞那爾普司托克山早已退去，後來連崎嶇的小山丘也一座一座隱沒，一次次撕裂我的心。故鄉群嶺皆逝，取而代之的是一片寬廣淺綠的平地。這番感觸前所未有，我的內心充滿不安、害怕與悲傷，宛如被判了刑，終身只能在平坦的國度前進，永遠失去擁有故鄉山巒的權力。而這同時，蘿西纖細的臉龐浮現眼前，柔美如昔，但同時的陌生與冷漠，卻令我難堪、悲痛得呼吸困難。窗外接連閃過整潔可愛的村落，有著細長的尖塔和白牆。乘客上上下下，相互寒暄交談，有人笑著，有人抽著菸——快樂的平地人，精明能幹，開朗率真，一派光鮮，而我這個笨拙的山地人，沉默、悲傷且抑鬱地置身其中。我覺得我已經沒有了家，群山已經回不去，又難以和平地人一樣，這麼快樂，這麼精明，這麼圓滑與自信。這類人會取笑我，有一天他們其中的一位，將和基爾坦兒家的女兒結婚、永遠擋住我的去路，永遠比我超前一步。

我帶著這些思緒到了城裡。打過招呼後，我爬上閣樓，打開箱子，拿出一大疊紙來。那不是什麼精緻的紙，我把花包在裡頭，再用一條特別從家裡帶來的緞帶綁好。整體而言，一點也不像是愛的禮物。我慎重地帶著花走到基爾坦兒律師家的那條街，伺機從開著的大門走進去，張望了一下傍晚微暗的走廊，把隨意包紮的花束放在寬闊的樓梯上。

沒有人發覺，不過我也無從得知，蘿西是否收到我的問候。但是攀爬懸崖，冒著生命危險，只為把玫瑰放在她家的階梯上，儘管有些酸楚，其中的甜蜜、喜悅和詩意還是讓我愉快，至今餘韻猶存。只是偶爾沮喪的時候，不免疑惑那段冒險，是否和日後所有的戀愛經歷一樣，只不過是唐吉訶德式的幻想。

這段初戀漫漫無絕期，不僅困惑我整個青春年少，無從擺脫，又像個安靜的姊姊，伴隨我經驗後來的戀情。我想不出比這位年輕女子更為高貴、純潔與美麗的形象。直到多年後，在慕尼黑的一個展覽上，看到那幅謎一般嫵媚的「傅格家千金畫像」，那段執拗而悲愁的年輕歲月彷彿又重現，深邃的眼睛正迷惘地凝視著我。

就在這樣的情況下，我緩緩脫胎換骨，慢慢成為一位青年。當時拍的照片上，可以看到我瘦骨嶙峋、身材高䠷，活脫脫農家子弟的模樣，穿著襤褸的校服，眼神呆滯、四肢僵硬。我十分訝異自己的轉變，暗自企盼大學生涯的來臨。

我將可以前往蘇黎世上大學。成績優異的話，贊助者還提供遊學的機會。我不禁勾勒起一幅美麗的古典畫面，我坐在一座裝綴著荷馬和柏拉圖雕像的涼亭裡，埋首研讀古籍，周遭視野遼闊，可清晰眺望到遠處的城市、湖泊和山巒等美景。我的心冷靜了下來，而且生氣盎然，歡喜期待未來的幸福，並且自信受之無愧。

中學最後一年，我專攻義大利文，並開始接觸古典作品，打算日後鑽研這些作家，以做為蘇黎世大學生涯的重心。是離開的日子了，告別師長和舍監，收拾好行囊，我悲欣交集地徘徊蘿西家門外，悄悄辭行。

接下來的假期裡，我硬生生嚐到了人生的苦楚，被一把從美麗的幻夢中拔起。首先打擊我的，是母親生病了。她躺在床上，幾乎不發一語，連我進門時也沒有下床。我並沒有因此哭哭啼啼，倒是為自己的喜悅和驕傲得不到回應，感到有些傷心。緊接著，父親又跟我說，他不反對我繼續唸大學，但無力提供我金援，萬一獎學金不夠支出，我必須自己想辦法。他說，他在我這個年紀，早就自力更生了……。這趟返鄉，我不常去健行、划船或爬山，因為必須幫忙家務和農事。空閒時，則什麼也不想做，連看書都覺得意興闌珊。眼看平凡的日常如此勒索存在的權力，又如此吞噬所有的自負，我深感憤怒與疲憊。話說回來，父親提了經濟上的問題後，雖是一貫的冷淡，尚稱和氣，但也不令人高興；再者，父親對我所受的教育和閱讀的書，隱約有種帶著輕蔑的敬意，委實也讓我困擾、難過。我常常想起蘿西，越加自卑地認為，自己農家的出身肯定成不了縱橫天下的大人物。甚至心想索性留在家鄉，屈服在黯淡、忙碌的生活壓力下，認命地忘卻拉丁文，忘卻夢想。在母親病榻前也得不到安慰與寧靜，我痛苦、憤怒地四處遊盪。回想那幅裝綴著荷馬雕像的涼亭美夢，如今顯得充滿嘲諷，受盡折磨的我傾所有怒氣與敵意，恨不能將之摧毀。假期的那幾個星期，時間委實漫長，彷彿我整個青春年華都要葬送在怨懟、矛盾以及絕望裡。

如同我驚訝、憤怒於幸福的夢想如何迅速徹底地被摧毀，突然茁壯且亟欲戰勝折磨的力量也震懾了我。生命讓我看到它現實的一面，驀然又在我低垂的眼前，展現永恆不渝的深層意義，我的青春歲月將體驗一場簡單而強烈的試煉。

一個炎炎夏日的清晨，我躺在床上，覺得口渴，於是起身想到廚房去，那兒總是放著一桶清涼的水。途中我必須穿過父母親的臥房。母親不尋常的呻吟引起我的注意，於是我走到她的床邊。她沒有察覺到我，也沒有任何回應，仍然不安地呻吟著，眼皮不停顫動著，臉色泛青。儘管有些擔心，但是我並沒有特別驚慌，直到看到她靜靜擺在床單上的雙手。這雙手宛如一對沉睡中的姊妹。我忽然警覺母親正瀕臨死亡，否則她鮮少如此疲累、沒有意識，完全喪失生命力。我已忘了口渴，不由得跪了下來，把手放在母親額頭上，尋找她的眼神。她的目光中沒有痛苦，卻幾近熄滅。我沒想要叫醒一旁睡得正熟的父親，就這樣，跪了將近兩個鐘頭，看著母親過世。一如過去她的所為，她安靜、莊嚴且勇敢地面對死亡，又一次為我樹立良好典範。

小房間裡靜悄悄的，曙光緩緩照了進來。包括我們家，整個村落都還酣夢未醒，我有足夠的時間，得以陪伴亡者的靈魂，神遊房舍、村落、湖泊和覆雪的山峰，自在地前往清晨純淨而冷冽的天空。我並不難過，更多的是驚訝與敬畏，目睹一個大謎題如何解開，生命之環如何微微顫抖地趨於終點。亡魂無懼，所散發的清冷光亮，滲透我心深處。我絲毫不察父親還在旁邊睡覺，也沒有神父、聖餐與禱告伴隨靈魂踏上歸途。只覺一股永恆氣息涼沁背脊，瀰漫在曙光搖曳的屋裡，與我合而為一。

母親最後闔眼的那一刻，我生平第一次親了她的雙唇，它們冰冷乾癟。我莫名地悸動起來，感到寒意和恐懼，坐在床緣，任淚水撲簌簌流下，流過臉頰、下巴和雙手。

不久，父親醒來，看到我坐在那裡，睡眼惺忪地問我怎麼了。我想回答，卻無法開口，起身走出房間，夢遊般回到自己的房裡，緩慢、無意識地換上衣服。父親很快趕過來了。

「媽媽已經走了，」父親問道：「你知道嗎？」

我點點頭。

「你怎麼沒叫醒我？也沒有請神父來！你真該——」他數落了我一頓。

我的頭好像血管爆裂般痛了起來。我走向父親，堅定地握起他的雙手——就力道而言，他簡直像個孩子。我望著他，無法言語，他倒是冷靜了下來，流露著憂鬱。我們一起回到母親身邊，死亡的莊重也感染了他，使他變得異常肅穆。然後他俯身看著死去的母親，像小孩一樣啜泣起來，聲調細弱尖銳，猶如鳥啼。我走開出門去，將母親的死訊告訴鄰居。大家聆聽著，也不再多問，僅僅握著我的手，表示將提供我們這失怙之家必要的幫忙。有人前去修道院請神父，等我一回到家，就有位鄰居已在畜欄裡照料牛隻。

神父來了，村裡所有的婦人幾乎也都來了。一切後事準時、確切地進行著，就連棺木也不勞我們操心，已經備妥了。我才深切體會到，面臨困境時，有個家或隸屬的可靠團體，有多好。不過，在這點上我也許應該想得更透徹一點才是。

事情是這樣的，當棺木行過祝禱，入了土，一堆奇奇怪怪、十分寒酸的古式禮帽──包含我父親的，分別回到各自的盒子或櫥櫃裡時，我可憐的父親突然變得脆弱不堪。他可憐起自己，大量引用《聖經》上的用語，向我述說他的悲慘。他怨嘆老伴已經過世，還將失去兒子，眼睜睜看他要到遠方。他就這樣叨絮個不停，聽得我十分詫異，幾乎都要答應留下了。

但就在我回應的瞬間，內心出現一個奇特的現象，那一刻，我的眼前突然浮現過往以來的所有幻想和嚮往。我看到許多偉大美好的事等著我去完成，許多要唸和要寫的書；伴隨焚風呼嘯，看到洋溢著歡樂的湖泊和堤岸，在南方溫暖的色彩中閃耀、聰明慧黠的人們熙來攘往、美麗優雅的女子、忙碌的街道、穿越阿爾卑斯山脈隘口奔馳列國的火車。這一切幾乎同時呈現，卻各個清晰可辨。背景是無垠的晴空，點綴著浮雲片片。學習、創作、參觀、旅行——儘管匆匆一瞥，生活其中的繽紛卻歷歷在目。我的內心再度像孩提時期，升起一陣強烈的悸動，恨不能即刻向那遼闊的世界奔去。

我終究還是沉默，任憑父親說話，只管點頭，等待他平息下來。到了黃昏，我才向他說明我的決定不變，我要上大學，要在思想領域中找尋未來的鄉關，但不會索求他的援助。父親不再追問，只是搖搖頭，憂傷地看著我。他也已經明白，從此，我將走自己的路，很快地我們就要分道揚鑣了。寫到這裡，彷彿又看到那天的情景，父親坐在向晚的窗下，稍嫌纖細的脖子上，是他那精悍的農家頭顱，動也不動，泛白的頭髮下，嚴肅的臉龐流露著悲傷，年老的威脅正和堅韌的男子氣概角力著。

那段日子，還有一件值得一提的小插曲。離家前一星期，有個晚上，父親戴上帽子，正要出門。「你要去哪裡？」我問道。「關你什麼事？」他回問。「如果不是什麼見不得人的事，大可告訴我啊！」我說。他聽了仰頭後大笑，叫道：「你可以一起來呀！畢竟你不是小孩子了。」於是我也跟著去——酒館。裡頭有幾個農人圍坐在一甕哈勞酒前，兩個外地車伕喝著苦艾酒，還有一桌吵雜的年輕人在打牌。

我偶爾會喝杯小酒，卻是第一次不為喝酒而上酒館。聽說父親是個道地的酒徒，很能喝，而且只喝好酒，以至於儘管談不上忽略家庭，但家裡的經濟確實老是告窘。我發現酒館老闆和客人對他非常敬重。父親點了一公升的瓦特藍酒，叫我倒酒，並教我該如何倒：一開始，瓶口要靠近杯子，再漸漸拉長彼此的距離，最後酒瓶盡可能地放低。接著，他開始大談他所知道的各種酒，還有偶爾進城或到法語區時品嚐的酒。他盛讚深紅色的威爾特林酒，可以分辨出三個不同品種。說到聲調沙啞了，還熱切地談論某些瓶裝的瓦特藍酒。最後帶著童稚般的表情，喃喃低訴納沙泰爾酒的一切，說這種陳年酒倒出來時，泡沫會成一個星狀，說著便沾濕食指，在桌上畫了一個星星。接著，他滔滔不絕地扯到他沒喝過的香檳，揣測它們的特性和口感，認定只要喝上一瓶，就能使兩個男人酩酊大醉。

停頓下來，他便若有所思地點燃菸斗。發現我沒菸，他給了我十分錢買菸。我們面對面坐著，相互抽著菸，慢慢喝完了第一公升的酒。橙黃辛辣的瓦特藍酒真是棒極了。隔壁桌的人漸漸加入了我們的談話，最後一個個做作地清著喉嚨，小心翼翼地坐到我們這桌來。不久，話題轉到我身上，我那登山好手的名聲還沒被遺忘。我那魯莽的攀登和驚險的失足，都一一被提出來討論、爭辯，只不過添加了一層傳奇的薄霧。這當兒，第二公升的酒幾乎也喝完了。我的雙眼充血，一反常態，我大聲自吹自擂了起來，包括冒險攀登塞那爾普斯托克山岩壁，為蘿西摘阿爾卑斯玫瑰的英勇事蹟。沒人願意相信，而我的信誓旦旦，卻換來大家的嘲笑，於是我氣憤地向眾人下戰帖，要他們等著瞧，必要時我可以將他們一一撂倒。有一個駝背的老農走到櫃台，拿來一個大石甕，橫放在桌上。

「我告訴你，」他笑著說：「當真你這麼強壯，就赤手空拳把這個甕給劈碎吧。辦到的話，我們就請你喝這甕能裝的酒。做不到，酒錢就由你付。」

父親立刻同意。於是我站了起來，用手帕包住手，一拳劈了下去。頭一兩拳不見動靜，待第三拳時石甕應聲而破。「付錢！」父親高興得歡呼著。那位老者點了點頭。「好，」他說道：「這個甕所能裝的酒，我付錢。不過應該不會多了。」的確，那碎片裝不到半升的酒，而我除了手臂疼痛外，還受到大家的嘲笑。連我父親也跟著取笑。

「好，你贏了。」我咆哮道。順手拿起我們的酒倒滿甕碎片，接著把碎片上的酒倒在那個老翁頭上。這下我們勝利了，在場的人發出喝采。

後來又陸續上演了幾齣鬧劇。最後由父親拖著我回家。我們一路喧嚷、東倒西歪，匆匆穿過三星期前還停放著母親靈柩的房間。我睡得跟死人一樣沉，隔天早上全身筋骨像要散了似的。父親取笑我，他自己則精神奕奕，心情高昂，肯定很得意自己的好酒量。我暗地發誓再也不喝酒，滿心期待離家日子的到來。

終於啟程上路了，倒是那個誓言一直未曾實現。我結識了橙黃的瓦特藍酒、深紅的維爾特林酒、納沙泰爾的夏帖和其他許多酒類，並且從此和它們義結金蘭。

3

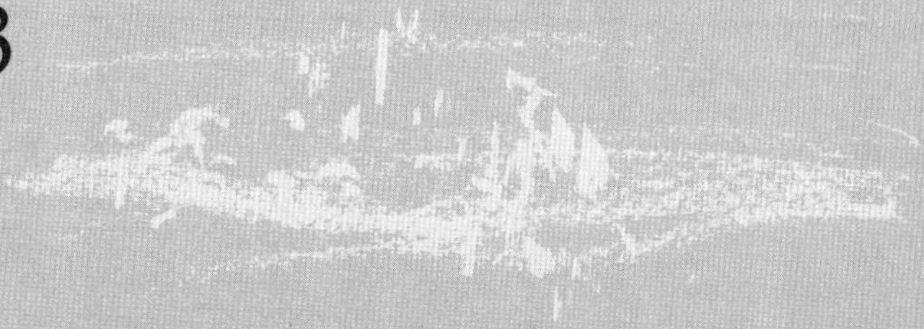

走出故鄉平淡窒礙的氛圍，我歡欣地展開自由之翼，奮力向前飛翔。生活或許曾經有所匱乏，卻飽嚐了青春特有的狂喜。彷彿一位在森林花叢休憩的年輕戰士，興奮地戰鬥與嬉戲；又像一位全知的預言家，站在漆黑的深淵邊緣，傾聽河水澎湃與狂風呼嘯，全心感受著宇宙萬物的和諧。我暢快地啜飲幸福的青春之泉，平靜地承受暗戀的甜蜜之苦，體會愉快而真摯的友情——這份年少最珍貴的禮物。

我身穿全新的麂皮西裝，攜著裝滿書籍和日用家當的小皮箱，抵達了目的地，滿懷征服世界的心，好向故鄉的那些莽夫證明，我異於其他的卡門沁特。三年的美好歲月，我都住在視野寬廣、通風良好的閣樓。在那兒唸書、寫作、作夢，感受被所有美好事物環繞的溫暖。即使三餐不繼，但是心裡無時無刻不在唱著與歡笑，甚或喜極而泣，渴望緊緊擁抱可愛的生命。

蘇黎世是我這個初生之犢初次見識的大都會。一連好幾個星期，我一直睜大著眼睛觀看。畢竟是農家子弟，我並不羨慕都市生活，卻很高興見到各式各樣的街道、房舍和人群。

我訪視了熙攘的巷道、碼頭、公園、富麗堂皇的建築和教堂；我看到趕著上工的勤勞人們、優閒散步的學生、穿著講究的人士、自吹自擂的紈褲子弟和四處流連的觀光客。那些打扮優雅、態度傲慢的貴婦，在我眼裡像是養雞場裡的孔雀，漂亮、驕傲，卻有點可笑。我原本就不害羞，只是有點任性、頑固。我一點都不懷疑，自己將會徹底認識這種熱鬧的生活，並且一定能夠找到立足之地。

青春以一個美少年之姿來到我的面前。那是一位和我在同一個城市唸書的學生，租了我這棟房子二樓的兩個不錯的房間。每天都可聽到他在樓下彈琴，讓我首次領略到音樂的魅力——這個最女性化、最甜美的藝術。我終於也看到這位英俊的男子，左手總是一本書或樂譜，右手則一根香菸，悠哉、瀟灑，離去時，背後煙霧裊裊。我完全被他吸引，不過仍保持著距離，深怕與一個闊綽的人往來，徒增自己因貧窮和匱乏而帶來的卑微。結果，他主動跑來找我。某個晚上他來敲我的門，嚇了我一跳，因為我從來沒有訪客。他進到我房裡，和我握手並自我介紹，一派自在愉快，彷彿我們是多年的老友。

「我想請教您是否有興趣和我一起演奏音樂。」他說道。不過，我這輩子還沒碰過任何樂器呢！我回答他，又補充道，自己除了唱唱阿爾卑斯山的山歌外，對藝術一竅不通，倒是覺得他的琴聲很美、很動人。

「那我可真搞錯了！」他笑著說道：「看您的外表，我一直以為您是一位音樂家呢！真奇怪！不過，您會唱山歌？喔，請高歌一曲吧！我非常喜歡山歌。」

我一時驚慌失措，連忙解釋自己不值受邀，而且山歌也不適合在室內演唱，得在山上至少是戶外，發自內心隨興演唱才行。

「那就請您到山裡唱吧！明天好嗎？拜託您。我們可以在黃昏時上山，邊走邊聊，到了山上您唱歌，然後再隨意到附近晚餐。您應該有時間吧？」

喔，是啊，我時間多得很。我很快答應了。隨即請他為我彈奏鋼琴，於是便和他一起下樓，到他陳設別致的大房間去。幾幅時髦鑲框的畫、鋼琴、一點點凌亂和一絲絲的菸味，使得空間充滿自在舒適的雅致氣氛。我還從未見識過呢。李亞特坐到鋼琴旁，彈了幾小節樂曲。

「你知道這個曲子吧？」他朝我說道，從跳躍的鍵盤轉過頭來，眼睛閃閃發光。真是美極了！

「這是華格納的曲子，」他喊道：「歌劇《紐倫堡的名歌手》[4]裡的一段。」他繼續彈著。琴聲輕巧有力，熱情且高昂，我彷彿沐浴溫暖的水中，激動不已。我一面偷偷欣賞他頎長的頸項和後背，還有那雙白皙的音樂家之手。誠如過去凝視黑髮同學一樣，頓生羞澀的愛慕與柔情，隱約有股預感，這位俊美優雅的男子或許真會成為自己的朋友，一直無法忘懷的願望——希冀有個好朋友的夢想就要實現了。

第二天我下樓去找他。我們一路聊天，慢慢爬上一座小山丘。從那兒俯視城市、湖泊和公園，欣賞黃昏豔麗的美景。

4 華格納（Richard Wagner, 1813-1883），德國偉大的音樂家，《紐倫堡的名歌手》（Die Meistersinger von Nürnberg, 1845-1867）。

「現在就請唱歌囉！」李亞特叫道：「如果您還是不自在，就背過臉去。來，大聲唱吧！」

他應該滿意了吧。我朝著泛紅的暮色，高聲歡唱，變換各種聲調和轉音。我唱完了，他似乎想說些什麼，旋即又停下來，傾身指向山的那一邊。遠方微微傳來悠長起伏的迴聲，應是牧童或者登山者在寒暄。我們並肩靜靜聽著，滿滿的歡欣。這當兒，我驚喜地意識到，生平第一次站在朋友身邊眺望彩霞，天地真是美好。黃昏的湖泊不停變化著柔和的色彩。日落的瞬間，從消散的水霧中，我看到巍峨的阿爾卑斯山峰。

「那兒是我的故鄉，」我說道：「中間那座是紅懸崖，右邊那座叫山羊角，左邊較遠的是圓頂的塞那爾普斯托克山。我十歲又三個星期大時，第一次爬上那個圓形山頂。」

我凝神想再辨識往南一點的一座山峰。一會兒，李亞特喃喃說了些什麼，我沒有聽清楚。

「您剛剛說了什麼？」我問。

「我說，我終於知道您從事什麼藝術的了。」

「哦，什麼呢？」

「您是詩人。」

頓時我兩頰通紅，有點惱火，又很訝異他是怎麼猜的。

「不，」我叫道：「我不是詩人。中學時代雖然寫過一些詩，但是已經很久沒寫了。」

「我可以看那些詩嗎？」

「都燒掉了。即使還在，也不能讓您看。」

「那一定是現代詩了，帶著濃濃的尼采味。」

「他是誰？」

「尼采？天啊！您不知道他嗎？」

「不知道。我怎麼會知道？」

他一聽，可得意了。我則老羞成怒，問他爬過多少冰河。他說沒爬過半條，我立刻學起他先前的模樣，對他反唇相譏。他轉而把手放在我的臂膀上，表情嚴肅地說：「您太敏感了。您一點也不曉得，您的率真多麼令人羨慕，像您這種人，世上難得。等著看好了，不出一兩年，您一定會知道尼采，甚至比我瞭解得更透徹，因為您比我細緻、聰明。不過，我很喜歡現在的您。您不知道尼采和華格納，可是您爬過許多雪山，擁有高山居民的堅毅。還有，您肯定也是位詩人。從您的眼神和額頭看得出來。」

他直率不諱地看著我，誠摯地告訴我他的想法，讓我又驚又慌。

更令我興奮的是，一個星期後，在一家客滿的啤酒屋裡，他當著眾人面前，宣佈和我結拜，還抱著我又親又吻，和我瘋狂地繞著桌子跳舞。

「別人會怎麼想啊？」我靦腆地警告他。

「他們會想：這兩個人不是非常幸福，就是醉得厲害；不過大部分的人根本什麼也不想。」

李亞特比我年長、聰慧，而且有教養，見識也比我淵博豐富，但總的來說，我常覺得，他簡直是個孩子。走在街上，他會似真似假地向少女們獻殷勤；明明彈奏嚴肅的樂曲，他忽然來一段幼稚的笑話；有一次我們一時興起，到教堂聆聽講道，席上他煞有其事地對我說：「喂，你不覺得那個牧師看起來像隻老兔子嗎？」確實比喻得很恰當，但我認為他應該等一下再告訴我。我說出看法。「我說得沒錯吧！」他嘟囔地說：「可是等一下再說，我非常可能會忘記。」

其實他的笑話未必都這麼靈光，往往到最後只是引述一句布胥[5]的詩句，不過我和其他人並不覺得煩，因為我們喜歡和欽佩他的地方，不在於他的機智，而是他的孩子氣。開朗的個性增添他輕鬆樂天的風采。一個動作，一聲輕笑，或是一個高興的眼神，都藏不住這份率真。我相信，就連睡覺，他偶爾也會微笑，或者做出快樂的手勢。

李亞特經常介紹我和其他年輕人認識，有大學生、音樂家、畫家、文學家和來自各地的

---

5 威廉．布胥 Wilhelm Busch（1832-1908），德國的幽默作家，以諷刺性的插畫故事著名，著有：《馬克斯和莫立茲》（Max und Moritz, 1865）、《天真無邪的海蓮娜》（Die fromme Helene, 1872）等作品。

外國人，幾乎在城裡活動的藝術愛好者，都和他有往來。其中不乏嚴謹認真的人士，像哲學家、美學家和社會主義者。我從許多人身上學到不少東西。不同領域的知識紛至沓來，加上我廣為閱讀以補不足，漸漸地，我對當代知識份子所思考和熱中的事物，有了粗淺的概念，進而知道了世界各國的思想家，可謂獲益匪淺。他們的憧憬、分析、學說與理想，深深吸引我，也有所瞭解，卻不想親自參與討論。我發覺，絕大部分人想的以及關注的，都在社會國家，還有科學、藝術和教育方面。只有極少數人不為外在目的，只為自我成長，尋找自身與時間和永恆之間的關係。不過，我在這方面的認知也還處於懵懵懂懂的階段。

由於我獨鍾李亞特，並沒再結交其他朋友，甚至試圖將李亞特帶離他那些密友身邊。兩人若相約，儘管不重要，我也會準時到達。萬一他讓我等，我會很生氣。有一次，我們約定好某個時間，一道去划船。結果我去了，他卻不在家，害我白白等了三個小時。隔天我狠狠臭罵了他一頓。

「你怎麼不乾脆自己去划呢？」他茫然地笑著說：「我完全忘了。沒關係吧？！」

「我一向信守承諾，」我激動地回答：「當然啦，對你不把我當一回事，也習以為常了。要是能像你那樣交遊廣闊就好了！」

他吃驚地看著我：「你對每件雞毛蒜皮的事都這麼認真嗎？」

「友誼對我來說，不是雞毛蒜皮的事。」

「這話感人至深，以致他即刻誓言匡正……」6

李亞特一副正經地引述文句。然後扶住我的頭，學起中東人的示愛，深情地用鼻子摩擦我的鼻子，直到我又笑又氣地掙脫為止。不過，友誼的裂痕又修復了。

我的閣樓裡，那些借來的珍貴書籍中，有現代哲學家、詩人及評論家的作品，還有德國和法國的雜誌、新出版的劇作、巴黎專欄集和維也納時尚美學。這些書我很快就讀完，讓我

6 布胥《天真無邪的海蓮娜》裡的詩句。

專注、醉心的是古義大利作家和歷史論述。除了通史和歷史研究的書籍外，我研讀義大利和法國中世紀晚期的資料和論文。因此我得以更認識我敬愛的聖方濟[7]，這位最虔誠、最蒙神提攜的聖哲。我過去那個洋溢生命與靈性的夢想，日漸成真；我的心，因著企圖、喜悅與年輕的虛榮而備感溫暖。學校課堂上，我必須專注於那刻板無聊的學問。回到家，我倘佯在中古世紀樸實溫馨或駭人聽聞的傳奇裡；有時則跟那些親和的古代作家膩在一起。待在他們編織的美麗和愜意當中，猶如置身虛無飄渺的仙境一隅，或者讓理想與激情的澎湃波濤所淹沒。走出虛構的精神國度，我會聽聽音樂，和李亞特聊天說笑，參與他和朋友的聚會，與法國人、德國人和俄國人交往，聆聽奇異新潮的讀書會，四處參觀畫室，或者出席社交晚會。那種場合，舉目皆是興奮、微醺的知識青年，宛如一場熱鬧的嘉年華會。

有個星期天，李亞特和我去看一個小型的新畫展。他逗留在一幅畫前。畫中描繪的是點綴著幾隻山羊的高山牧地。筆觸細膩，卻嫌老氣，沒什麼藝術價值可言。隨便哪個畫廊，都可看到這類美麗卻不值一提的畫，充其量只是忠實地呈現了故鄉的景致，不過已經讓我很興奮了。我問李亞特，這幅畫哪裡吸引他。「這裡。」他指了指畫作下方的簽名說道。我無法辯識那些紅褐色的字母。「這幅畫，」李亞特說：「畫得不太好。還有比它更美的。不過他們沒有一位，比得上畫這幅畫的女畫家美。她叫艾兒米妮雅．阿格莉葉蒂。如果你願意，我們明天可以去找她，跟她說，她是一位偉大的畫家。」

「你認識她？」

「沒錯。如果她的畫和她一樣美，她早就發財，不用再畫了。她並不喜歡畫畫，之所以畫，純粹為了謀生。」

後來李亞特又把這事給忘了，過了幾個星期才又想起。

「我昨天碰到阿格莉葉蒂。我們之前說好拜訪她的。走吧！你的衣領乾淨吧？她很注意這點。」

---

7 全名為方濟．封．阿西西（Franz von Assisi, 1881/1882-1226），義大利僧侶，出生在阿西西城，是方濟修會的創立者，動植物與大自然的守護聖人。

領子是乾淨的。於是我們一起去找阿格莉葉蒂。我其實有點不太情願，因為李亞特和他那夥同學，與女畫家、女學生往來總是隨隨便便的，我向來看不順眼。男生相當肆無忌憚，時而粗野，時而嘲諷；女孩則一副精明幹練，毫無我理想中的溫柔氣質。

我有點羞怯地走進畫室。雖然對畫室的氣氛並不陌生，但畢竟是第一次拜訪女畫家的畫室。室內佈置很簡單、整齊。三、四幅已完成的畫，裱了框懸掛在牆上；畫架上的另一幅幾乎都還沒上底色；牆上還有些精巧的鉛筆素描；靠牆的一個書櫃，零落擺著一些書。畫家顯得有點冷淡，她放下畫筆，工作服也不換地倚著書櫃。看來，並不想浪費太多時間在我們身上。

李亞特大大讚許了她展出的那幅畫。她笑了一下，要他別挖苦。

「可是，小姐，我也許會想買那幅畫的呀！對了，那畫上面的牛隻還真是栩栩如生——」

「那是山羊。」她平靜地說道。

「是山羊？喔，當然是山羊！我是說，妳的觀察力真是敏銳，讓我看得目瞪口呆。活靈活現的，像極山羊了。您可以問問我朋友卡門沁特。他是山上來的，一定會同意我的看法。」

原本尷尬又有趣地聽著對話的我，頓時感覺全身上下被打量了一番。她毫不客氣地看著我很久。

「您是山上來的？」

「是的，小姐。」

「看得出來。那麼，您覺得我的山羊畫得怎麼樣？」

「喔，的確不錯。至少我沒像李亞特一樣，當牠們是牛。」

「過獎了。您是音樂家嗎？」

「不是，我是個學生。」

她沒再和我交談下去。我得以在一旁靜靜觀察她。長長的工作服遮蔽了她的身材，我也不覺得她的臉蛋兒漂亮。輪廓倒是鮮明，眼神有點嚴肅，頭髮濃密、烏黑且柔軟。我近乎厭惡的，是她的氣色。使我聯想到公果左拉乳酪（Gorgonzola Cheese）；要是上面同樣有著綠色紋路，我也不會訝異。不過，我從來沒見過這種白色的義大利乳酪，在畫室昏暗的晨光下，竟冷硬得像石頭——可不是大理石，而是一塊飽經風霜的蒼白石頭，十分恐怖。我也非品評女貌的老手，全憑小男孩的直覺，只懂得紅潤、柔和才是動人。

我和李亞特都覺得有些掃興。因此，當他後來告訴我，阿格莉葉蒂想畫一幅我的畫像時，我訝異得大吃一驚。不過要畫的是一張簡單的素描，不會畫臉，她看上我的魁梧身材。

這之前，還有另外一件小事，改變了我整個人生，甚至影響了我未來好幾年的命運。一天早晨，我一覺醒來，竟然成了一位作家。

在李亞特的敦促下，過去純粹為了練習文筆，我偶爾會以簡單但忠實的筆調寫點周遭人物，或者一些經歷或談話等等；也寫了些文學或歷史的評論。這個早晨，李亞特走到我的床邊，放了三十法郎在我的被子上。「這錢是你的，」他以商人的口吻說道。直到我猜盡所有可能，他才從口袋拿出一頁報紙給我，上面刊登了我寫的一篇小故事。原來他暗地裡謄了幾篇我的草稿，拿給他認識的一位編輯看，然後偷偷幫我把文章賣了。第一篇刊登出來的文章和稿費正在在我手中。

我的心情十分複雜。原本氣憤李亞特的擅作主張，不過，初嚐作家的驕傲，和賺了錢的喜悅，以及或許將享有文學家美譽的甘美，終究勝過一切。

李亞特在一家咖啡館介紹我和那位編輯認識。編輯請我答應他保留李亞特給他的文章，同時還邀請我三不五時寄些新作品。他說我的文章有一種特殊的調調，尤其是歷史方面的作品，他希望能再多一些這類文章，願意付我優渥的稿費。此時我才意識到事關重大，我不但將三餐無虞，還清那點小債務，還能拋開學業的束縛，在自己喜歡的領域裡，過著自給自足的生活。

那位編輯先寄來一疊書，要我寫評論。我一連好幾個星期，都在看書、寫書評。稿酬要季末才拿得到，而我心想將有錢入帳，便比以往過得奢侈了些，以致於有一天赫然發現，我連最後一分錢也告罄，得再次節食才行。有好幾天，我都窩在閣樓裡，靠啃麵包、喝咖啡過日子，實在受不了了，遂跑去飯館。我帶了三本書，想抵飯錢。先前曾想拿書去舊書店賣，卻無功而返。那頓飯真是太可口了，不過到了喝黑咖啡時，開始有點害怕。我忐忑不安地向女服務生坦白自己沒有錢，想把書當抵押品留在那裡。她拿起一本詩集，好奇地翻了一下，然後問是否可以看那本書。她很喜歡看書，一直苦於沒書可看。我如釋重負，當場提議她把三本書都留下。她接受了這個主意，後來又照這個方式，陸續接收約值十五法郎飯錢的書。一小本詩集大概可以換得一份乳酪麵包，一本長篇小說換一份乳酪麵包加一杯酒，一本中篇則只換一杯咖啡和麵包。記憶中，那些書大都是微不足道的作品，風格新潮卻嫌矯情。那位好心的女孩對現代文學應該留下了特殊的印象。關於那些個回憶，我還是津津樂道。我揮汗趕工，快馬加鞭想再看完一本書，寫幾行書評，好及時在午餐前完工，然後把書拿去換些食物。在李亞特面前，我特意掩飾拮据的窘境，雖然沒有必要，但是我確實為自己感到羞恥，不想接受他的幫忙，非不得已，也僅限於短暫的援助。

我不認為自己是個文學家。偶爾寫的專欄小品，稱不上文學著作。然而，心裡倒是隱藏著希望，總有一天我會創作出一本真正的文學作品，寫下充滿偉大憧憬的生命之歌。

不過，偶爾我靈魂那面明亮的鏡子，會蒙上一層憂鬱的灰塵，雖然暫時影響不大。那一份朦朧而寂寞的悲傷，時而來訪個一天或一夜，隨即消逝得無影無蹤，幾個星期或幾個月後，又再度報到。我已逐漸習慣這份憂鬱，視同老朋友一樣，不覺得那是折磨，只感到不安的疲憊，其中帶著點兒獨特的甜蜜。每當愁緒夜裡來襲，我會倚窗坐好幾個小時，毫無睡意。凝視漆黑的湖泊、映在蒼天畫布上的群山剪影，以及高掛的星星。心中一股強烈又怯怯的甜蜜，彷彿美麗的夜景，正帶著非難的眼神看著我；星星、青山與湖泊企盼一位懂得她們的美麗和隱含的苦痛，並代為表達出來的人，而我似乎就是這個人。以詩傳達大自然的訊息，應該就是我的工作。只是我沒有仔細想過，該如何完成這項使命；只感覺美麗而莊嚴的夜，沉默卻急切地等待著我的回應。我也未曾寫過這樣的心境，但是自覺對冥冥中傳來的聲音，負有責任，因而在這些個夜晚之後，我會獨自徒步旅行數日。彷彿如此便能對默默祈求的大地，證明一點我的愛；不過，事後又自覺可笑。這樣的徒步旅行日後成了我生命的基調，接下來的歲月裡，我成了一位旅者，經常一連好幾天，甚至好幾個月，徒步遍歷群國。我習慣只帶著一點錢和一塊麵包，長途跋涉，獨自在外流浪，常常露宿野外。

忙於為寫作做準備，幾乎讓我忘了那位女畫家。某日，突然收到她的紙條：「這個星期四有些朋友要來我這兒喝茶。請您也帶著您的朋友一起來。」

我們依約前往，那兒已聚集了一小群藝術家。他們不是沒沒無名，或者已被遺忘，就是功名無望。雖然大家顯得滿足快樂，但是我卻感觸良多。女主人準備了茶、奶油麵包、火腿和沙拉。由於沒有熟識的人，加上不善交際應酬，其他人在那兒喝茶、聊天，我便只顧著安撫飢餓。大約半個鐘頭之後，他們一個個也想吃點東西時，發現火腿幾乎被一掃而光了。我原以為至少還有第二盤的。許多人因此竊笑，朝我投來嘲諷的眼光，我不禁怒火中燒，暗地裡咒罵起那位義大利女畫家和她的火腿。我一面拿著帽子起身告退，一面宣稱下次會自備晚餐前來。

阿格莉葉蒂接過我手中的帽子，訝異地凝視著我，懇請我留下。一盞立燈的光，透過罩飾柔和地照在她的臉上。惱怒的我突然有了重大發現，眼前這位女子散發的成熟美，委實令人驚豔，當下為自己的無禮與愚蠢，感到羞愧，隨即像個受到斥責的小學生，坐到一旁角落去，翻閱一本科摩湖（Lake komo）的畫冊。其他人則繼續喝茶，走來走去，談笑聲此起彼落。不知從哪兒傳來大小提琴調音的聲音，接著帷幕掀起，四個年輕人坐在臨時搭設的舞台上，開始演奏弦樂四重奏。這時，女畫家朝我走來，在我面前桌上放了一杯茶，親切地點了頭後，在我旁邊坐下。音樂持續了好一段時間，可是我完全聽若罔聞，逕自望著身旁這位窈窕、優雅的女子，讚嘆不已。我曾懷疑過她的美麗，還吃光她準備的餐點。喜悅又羞怯之下，想起她想幫我畫素描的事。思緒接著連結到了蘿西，攀岩摘取阿爾卑斯玫瑰的情景，還有雪公主的故事，一一浮現腦海。一切儼然為了眼前這一刻做準備。音樂結束，女畫家並沒有如我擔心地走開，而是繼續坐著，和我聊了起來。她為我一篇刊登在報上的中篇小說，向我道賀，還嘲笑了李亞特。李亞特此刻身旁圍繞著幾位年輕女子，爽朗的笑聲時而傳來。阿格莉葉蒂再次請我讓她作畫，我忽然興起用義大利文和她繼續交談。這個突然的舉措，迎來那雙靈活有致的南國眼睛一陣驚喜，而我更享受於聆聽她那口托斯卡尼語，配合她的嘴形、眼睛和身材，十分相襯。這種悅耳、高雅而輕快的語言，帶有迷人的提契諾（Ticino）腔調。我的義大利文說得不圓正也不流暢，不過一點也不重要。我們約好隔天去她那兒作畫。

「A rivederci，（再見）」道別時我說道，並深深鞠了一個躬。

「A rivederci domani，（明天見）」她微笑著朝我點點頭。

離開後，我一直往前走，來到一座崎嶇的丘陵。迎面是一幅美麗的夜景，一艘點著紅燈籠的小船，正在湖面上航行，漆黑的水面上因而閃爍著一道道紅光，偶爾泛起細細的銀波。鄰近一處公園，傳來曼陀鈴聲和笑聲。天色漸暗，山丘上吹著強勁的暖風。

風兒或親撫著果樹樹枝，搖動栗樹黑色的樹梢，發出呻吟、歡笑、顫抖般的聲響，我的心中也激盪不已。我一會兒跪坐，一會兒躺下，忽而跳起來，長噓短嘆；又是跺腳，又是拋帽，把臉埋在草叢裡，或者用力搖動樹幹，哭著，笑著，啜泣著，時而怒吼，時而羞怯，既喜悅又鬱悶。約莫過了一小時，終於所有的激情褪去，取而代之的是令人窒息的抑鬱。我的腦中一片空白，無法思考，沒有了感覺，像個夢遊者慢慢走下山，繼續晃盪了半個城市。在一條偏僻的街上，看到一家夜間營業的小酒館，便不由得走了進去，喝掉兩公升的瓦特藍酒。凌晨時分，才醉醺醺回到家。

當天下午，我去找阿格莉葉蒂。看見我的樣子，她著實嚇了一跳。

「您怎麼了？生病了嗎？您看起來很憔悴。」

「沒什麼，」我回答：「只是昨晚喝爛了而已。您儘管開始畫吧。」

她讓我坐到一張椅子上，要我不要動。我真的照做了，因為過不久我就睡著了。一整個下午我都在昏睡。或許畫室裡的松香油之故，我夢到家裡正為那艘船重新上漆。我躺在一旁的碎石地上，看著父親拿著桶子和刷子在油漆；母親也在那兒，我問她，你不是死了嗎？她輕輕地回答：「沒有，要是我不在，你會像爸爸一樣，成了酒鬼。」

我從椅子上摔下，醒來發現自己身處艾兒米妮雅．阿格莉葉蒂的畫室，有些感到錯愕。我沒有看到她，不過聽到她在隔壁小房間裡，那兒傳來刀叉和杯子碰撞發出的鏗鏘聲，我從而推測，該是晚餐時間了。

「您醒了嗎？」她從隔壁喊道。

「是的。我睡了很久嗎？」

「整整四個小時。您不覺得不好意思嗎？」

「喔，當然。不過我做了一個很美的夢。」

「說來聽聽！」

「沒問題，只要您出來，並原諒我的失態。」

她走出來，但要等我說了夢境，才願意原諒我。於是我娓娓道出，說著說著，我深深掉入已被遺忘的童年記憶。待我住口時，夜色已深，我也把我的童年往事，一股腦兒為她和自己敘述了一遍。她握起我的手，幫我撫平外套的皺褶，邀請我明天再來畫室。她已諒解我今天的失態。

接下來的幾個星期，我去當模特兒，一坐就是數個小時，然而我們幾乎沒有交談。我彷佛被下了魔咒般，靜靜地或坐或站，聆聽著炭筆的沙沙聲，呼吸著淡淡的油彩味，除了意識到愛慕的女子在附近、眼光一直停留在我身上外，毫無所感。白色的燈光輝映在畫室的牆上，幾隻昏昏欲睡的蒼蠅在窗玻璃旁嗡嗡作響，隔壁的小房間裡，煮開水的酒精燈嘶嘶作響。每次畫完，她都會遞給我一杯咖啡。

回到家，我經常想起艾兒米妮雅。我對她的藝術不予置評，但絲毫不影響對她的愛。她是如此美麗、善良，為人爽快且充滿自信。她的畫作好不好關我什麼事？我倒從她的勤奮，窺得一絲勇敢的氣息。一個為生活奮鬥的女子，一位安靜、有毅力的女英雄。世上再沒有比想像心上人的一切，更徒勞無功的了。這樣的思緒就像一些民謠和軍歌，縱然描述萬千，但我們一再重複唱著的永遠是某段副歌，即使錯植了位置。

這位義大利女孩的美麗形象，在我記憶中也是如此。儘管清晰，卻缺乏細節和特徵，相較於親近的人，我們往往對陌生人觀察得更仔細。我想不起她的髮型和穿著等等，甚至忘了她的高矮。腦海中浮現的，總是那一頭梳整高雅的秀髮，和她活潑白皙的臉龐，以及那一雙目光敏銳、不太大的眼睛，還有狹長豐潤的嘴巴。每當憶及這位女孩，和那段愛慕的時光，總會記起那個山丘上的夜晚。暖風掠過湖面，我哭著、笑著，狂亂不已。然後是接下來要敘述的另一個晚上。

我覺得自己應該向她告白，並且展開追求。如果她遠在天邊，或許我還能夠繼續暗戀著她，獨自忍受煎熬。但是我幾乎每天都會見到她，和她說話、握手，又常去她家，這種刺痛的心情，我再也受不了。

一個仲夏暖和的黃昏，一群藝文朋友在湖畔漂亮的公園裡，舉辦小型的夏日宴會。我們一邊喝著酒和冰水，一邊聆聽音樂，欣賞以花環懸掛在樹上的燈籠。大夥兒談著天，互相笑鬧著，後來還唱起歌來。有個不怎麼起眼的年輕畫家，打扮一副浪漫公子的模樣，戴著巴雷特四角帽，倚著欄杆，彈奏一把長柄吉他。比較重要的藝術家，不是沒有出席，就是和老朋友遠遠坐在一旁。周遭的女孩們，有的穿著輕薄的洋裝，有的裝扮隨意，無法苟同的，是一位年長的女子，頭髮淩亂還戴了一頂男草帽，又是抽雪茄，又是大口大口喝酒，還滔滔不絕大肆喧擾。李亞特和平時一樣，與年輕女孩們調笑著。我的心裡忐忑不安，但是盡量裝著很酷，淺酌地等待阿格莉葉蒂的到來。她答應和我一起去泛舟。她終於來了，送給我幾朵花，然後我們便一道上了一艘小船。

平滑的湖面，安靜、透明。我快速將船划向靜謐的湖心，一面凝視對面的窈窕女郎，她舒服地倚著船舵，顯得很滿意。蔚藍的晴空，依稀幾顆星星。遠處仍不時傳來樂音和歡愉的吵雜聲。划槳輕拍平緩的湖面，發出潺潺的水聲。昏暗的湖面上，船隻三三兩兩，模糊不清。這一切我都漠不關心，只管目不轉睛地盯著前方的女子，揣想向她示愛的計畫，內心如同攜著鐵環般沉重。閃閃星光映照平靜的湖水，我倆靜坐在小船裡，這如詩如畫的黃昏美景，越加令我不安。彷彿置身華麗的舞台，等待演出一齣多情的劇碼。兩人不發一語，懾於四周的沉靜，我奮力划著船。

「您真是強壯！」女畫家若有所思地說道。

「您是指胖嗎？」我問。

「不是。我是指肌肉。」她笑道。

「是啊，我是滿壯的。」

這不是個好的開場白。我懊惱地繼續划著船。一會兒，請她說說有關她的事。

「您想聽什麼呢？」

「全部，」我說道：「最好是愛情故事。等會兒我也說一個自己的給您聽。那是我僅有的一段愛情，短暫卻美麗，您應該會覺得有趣。」

「瞧您說的！那就快說呀！」

「不，您先說！畢竟您知道我的事比我對您的多太多了。我想知道，您是否戀愛過；或者，如我擔心的，您因為聰明和驕傲，根本不屑於此事。」

艾兒米妮雅沉思了一會兒。

「要一個女子在夜間的湖上說故事給您聽，」她說道：「您還真浪漫。很抱歉，恐怕我滿足不了您。您們這些作家，對於美好的事物，總找得到表達的言語，壓根不相信，不談內心情感的人也是有血有淚的。您低估我了，我相信，再沒有比我愛得更深更激烈的人了。我愛上一個有婦之夫，我們彼此深愛對方，卻不知道是否有在一起的一天。目前我們仍互相通信，偶爾也見個面。」

「我可否問您，這份戀情令您感到幸福？悲傷？或者二者都有？」

「啊，愛情並非為了使我們幸福，而是要讓我們知道自己的承受力有多強。」

這點我懂，不禁輕歎了一聲。

「喔，」她說：「看起來，您也有同感？您還這麼年輕！現在也要向我告解嗎？不過別勉強，除非您真的願意——」

「也許下次吧，阿格莉葉蒂小姐。我今天的思緒很混亂。很抱歉，或許也把您的心情弄糟了。我們要回頭了嗎？」

「就這麼辦吧！我們到底划多遠了？」

我沒有回答，逕將船槳噗地插入水中，調轉船頭，立即奮力搖起槳，好像北風追過來了似的。船快速地在湖面上滑行。悲痛交雜著羞愧，讓我臉上汗珠滾滾，又幾乎同時凝固了。想像自己差點兒就演出雙膝跪地的追求，和被對方如慈母般婉拒的畫面，不禁打了個寒顫。還好一切沒有發生，至於悲哀就靠自己撫平了。我像著了魔似的，把船划回岸邊。

匆匆道別後，我隨即轉身離去，留下阿格莉葉蒂小姐，一臉錯愕。

湖面一如先前的平靜，音樂依舊輕快，燈籠仍洋溢著喜氣的紅光。然而，一切變得愚蠢可笑。那音樂，尤其那穿著天鵝絨外套、背著吉他裝腔作勢的傢伙，我真想把他剁成肉醬。接下來還有什麼煙火秀呢。簡直幼稚！

我向李亞特借了幾法郎，歪戴帽子，散步去了。走出城外，繼續向前邁進，不知走了多久，直到疲憊不堪才罷休。我睡倒在一片草地上，然後被露水凍醒，全身僵硬，直打哆嗦，便起身轉往附近的村落。已是清晨，割苜蓿草的工人穿過滿是塵埃的巷弄，睡眼惺忪的僕人從畜欄門後直望著我，四處盡是夏日農忙的景象。「你當初應該安分做個農夫的！」我對自己說道，羞怯地快步通過村落，拖著無力的步伐繼續往前走，直到溫暖的陽光允許我停下來休息。在一處山毛櫸樹林邊，我仰躺在乾草地上，一直睡到黃昏。醒來時，草香撲鼻，四肢舒暢而慵懶，只有長時間躺在上帝珍愛的大地才有的感覺。宴會以及泛舟中的林林總總，宛如已像數個月前讀的小說，記不起情節了。雖然傷感猶存，但不復椎心。

在外流浪了三天，吸滿陽光的溫暖。旅途中，甚至考慮是否順道回家一趟，幫忙父親收割糧秣。

然而，傷痛當然沒這麼快就消弭。回到城裡，一開始我像逃避瘟疫般，處處躲著阿格莉葉蒂小姐。這非長久之計，日後只需再看一眼，或和她說話，心中依然苦痛萬分。

4

父親當年沒促成的事，讓這次的單戀辦到了：我成了一名酒鬼。

上述的諸多事端，都沒有比酗酒更影響我的人生。長此以往，強壯而醇美的酒神一直是我的摯友。誰有祂的強壯？誰能如此美麗、神奇、熱情、愉快又抑鬱？祂既是英雄，也是魔術師；祂是愛神也是兄弟；祂能化不可能為可能；祂會為貧瘠的心靈注入奇妙的詩句；祂把我這個隱士與農夫變成國王、創作者和先知；為飄盪的生命之舟挹注新的命運；將遇難擱淺的人送回湍急的人生激流。

這就是酒。然而，如同所有珍貴的天賦與藝術，祂需要被愛、被尋找、被瞭解，從而被征服。這並非人人可以辦到，因此酒神毀了成千上萬的人。祂使他們變老、失去生命，或者熄滅他們的靈光。而祂邀請心愛的人參加盛宴，為他們搭起通往幸福島嶼的彩虹橋。當他們累了，祂會在他們頭下鋪上枕頭；當他們為憂傷所困，祂會像朋友或母親，加以輕輕擁抱和安撫。祂將生命的荒涼變成偉大的神話，牠那龐大的豎琴不斷彈奏著創作之歌。

酒神又是個孩子，一頭鬈曲柔軟的長髮，肩膀瘦小，四肢纖細。祂會依偎在你懷裡，仰起修長的臉，睜著滿含愛意的眼睛，驚奇又夢幻地凝視你。如蕩漾在森林中的清泉，濕潤的雙眸深處，閃爍著對伊甸的記憶，和與上帝不朽的約定。

甘美的酒神，亦如春夜裡潺潺的小溪，亦如海洋，以冷冽的波濤安撫著太陽與暴風雨。和祂交談，波濤洶湧的神祕之湖、記憶之海、文學之泉和靈感之源，會突然風狂雨驟，將人淹沒。於是，日常世界退縮了，進而消逝；失落的心靈又驚又喜地投向廣闊的未知國度，一切顯得既陌生又熟悉，溝通全憑音樂、詩篇與夢境之語。

事情的來龍去脈是這樣的：

當時，我可以一連幾個小時，渾然忘我地看書、寫作和聽李亞特的音樂。但是，沒有一天不受憂鬱之苦。悲傷有時會在夜晚來到我的床邊，我哀嘆、掙扎，在淚水中睡去；遇見阿格莉葉蒂，憂鬱之情也會被喚醒；不過，大都是在傍晚時分，當夏日美麗、慵懶、恍惚的暮色降臨，我的心會跟著沉下來。於是我到湖邊去，租艘船，奮力地划，直到汗流浹背、精疲力盡為止。而此時的我已不想返家，便去了酒館或餐廳，品嚐各種酒類，邊喝邊沉思。隔天偶爾覺得不適，甚至好幾次宿醉到痛苦不堪，下定決心不再喝酒，然而終還是一而再、再而三外出飲酒。於是，我學會了辨識酒類和它們的力道，因而能夠有意識地品酒，不過功力尚屬粗淺。最後，我在深紅的威爾特林酒找到知己。這種酒第一口感覺酸澀，令人精神百倍，然後它會使我的思維模糊，漸漸靜止，進而陷入夢鄉；接著開始施展魔法，開始創作、寫詩；我又看到曾經讚嘆的景致，在陽光下環繞著我；我彷彿看到自己漫步其間，唱歌做夢，同時感覺到心中盤旋著一股溫暖的生命力，扶搖而上。最後，我陷入恬適的哀愁裡，聽見提琴拉奏著民謠樂曲，意識到自己接近了幸福，卻只是擦身而過。

我變得很少單獨上酒館，總是呼朋引伴一起飲酒作樂。身邊圍繞著人群，酒就對我產生其他效用。我會聒噪起來，並非亢奮，而是一股冷靜而奇特的熱力，轉瞬間在我心底未知的角落如花朵綻放開來；不過，可不是一般庭園的觀賞花卉，而是原野上的薊草或蕁麻。滔滔不絕中，一股冷酷佔據我的心智，使我變得自負、吹毛求疵，卻又機智詼諧。一旦看不順眼的人在場，我會時而含沙射影，時而出言不遜，百般嘲弄挑釁，直到他們離開。從小我就不怎麼喜歡人群，也不覺得他們的存在有什麼重要，時到今日則是挑剔和不屑。我喜歡在我寫的小故事裡，營造客觀理性的假象，故意諷刺或挖苦一些人際關係。我不知道自己這種輕蔑的口吻從何而來，它就像是個逐漸形成的膿瘡，突然從我本性中爆發出來，不糾纏個幾年，無法痊癒。

一旦夜間獨處，則又再次夢見青山、星辰與悲傷的樂曲。

在這些個日子裡，我寫就了一系列對社會、文化與藝術的觀察，可以集結成一本尖酸刻薄的小書。內容大都由酒館的閒談醞釀而來，一些歷史典故則源自多年來還算辛勤的研究，賦予我的諷刺文章紮實的背景。

這使我成了一家報社固定的專欄作家。我幾乎能夠以此為生。緊接著那些小品文也成書出版，獲得一些迴響。於是我把語文研究完全棄置一旁。此時我已是高年級的學生，與德文報社建立了關係，從而擺脫先前默默無聞、窮困潦倒的窘境，晉身為知名作家。既然不再為生計所苦，索性便放棄了麻煩的獎學金申請，全力擺脫業餘作家的生活。儘管小小的功成名就，儘管虛榮心獲得滿足，儘管有那些諷刺作品和苦戀的折磨，青春溫煦的光輝照耀著我，亦悲亦喜。儘管頗具嘲諷之能事，儘管有那麼點不傷大雅的自命不凡，我還是始終夢見一個目標、一份幸福、一個更臻完美的自己。我不知道那該是怎樣的局面，只感覺生命一定會為我淬鍊出衷心的幸福，或許是名譽，也或許是愛情，夢想實現，自我提升。我彷彿一個宮廷的僮僕幻想著貴婦與騎士的晉封儀式和偉大榮耀。

我以為自己正在向上攀升的途中，卻渾然不知一切純屬意外的巧合。我的個性與人生還不夠深刻；我也還不明白，原來桎梏自己的是一個非愛情或者名氣可以滿足的慾求。年輕的我只管享受那些個幼稚的虛名。與那些聰穎的文人藝士並肩而坐、把酒言歡，看到他們傾身專注地聽我說話，感覺真是棒透了。

我有時察覺，這些人的心靈中翻騰著巨大的渴望，亟欲尋求慰藉與救贖，因此把他們帶往一條詭異的道路。他們認為信仰上帝是一種愚蠢的迷信，卻信仰許多學說與名字，一如叔本華、佛陀、查拉圖斯特拉[8]和其他人名。有些不見經傳的年輕作家會在陳設雅致的公寓中，莊嚴隆重地膜拜雕像與圖畫。他們肯定羞於向上帝鞠躬，卻能跪坐在歐特瑞柯里的宙斯雕像面前；衣衫藍縷的苦行者，以禁慾折磨自己，奉托爾斯泰或佛陀為神；有些藝術家，藉由精心挑選的壁紙、音樂、食物、酒、香精或雪茄刺激靈感，以進入特異的境界。他們做作地談論音樂、色彩等諸如此類的細節，以彰顯所謂的「個人」風格，卻往往只是自欺欺人，或荒誕不經。基本上，我覺得這些鬧劇很逗趣、可笑，卻更常惋惜這麼多的憧憬和力量，在此燃燒殆盡。

那段時期認識的新潮派作家、藝術家和哲學家們，後來都沒什麼顯赫的成就。其中有一位同年的北德人，長得嬌小玲瓏，為人親切溫柔，舉凡與藝術沾上邊的事物都很敏銳。當時被認為是耀眼的明日之星。我聽過幾次他的詩作朗讀，不失脫俗清新，至今猶迴盪在我記憶裡。或許他會是我們唯一成為大文豪的人。不料，偶然聽到一個關於他的小傳聞，由於一次

8 Zarathustra，又名瑣羅亞斯德，為古波斯帝國國教祆教的創始人。

作品受到抨擊，這位敏感的作家羞愧地從此消逝，躲進一個贊助者的羽翼下。但他並沒有受到激勵，繼續奮鬥，反而很快地被毀了。他在那位富豪的別墅裡，終日周旋在神經質的貴婦中間，乏味地吹捧美學，自許是懷才不遇的才子；不幸的誤導，讓他沉迷於蕭邦的音樂和前拉斐爾畫派，最後逐步喪失了心智。

回想這群穿著和髮型標新立異的失意作家們，和所謂的美的靈魂，我直覺惶恐與憐憫。我後來才發現與他們往來的危險，所幸我的農夫本質沒讓我和他們一起胡鬧。

比起名氣、美酒、愛情與知識，更高貴幸福的一定是友誼。唯有它使我掙脫了惰性，讓年輕歲月免於頹廢，保持黎明般的清新。直到今天，我仍認為真誠的友誼是世上最美好的寶藏。回憶青春的點點滴滴，我懷念不已的還是友情。

自從愛上艾兒米尼雅後，我有點忽略了李亞特。剛開始毫不自覺，幾個星期後，良心一再譴責著我。我向他懺悔道歉，他這才告訴我，其實整個不幸他都看在眼裡，也覺得遺憾。於是我們又恢復了誠心對待、令人稱羨的友誼。當年我之能夠擁有一點樂觀自在，全拜他所賜。這個風度翩翩又開朗的人，生命中似乎沒有陰暗的時刻。才華洋溢、交遊廣闊如他，經歷激情與挫折，都能毫髮未傷、全身而退。他的舉止言談，乃至整個氣質，活潑、悅目，令人喜愛。喔，他的笑聲真是迷人！

對於我的飲酒哲學，他可不太認同。偶爾陪我喝酒，也是喝了兩杯便停止，對我的海量深表詫異。一旦看我心情苦悶，或無可救藥地陷入哀愁時，他會為我彈琴，唸書給我聽，或者拖著我去散步。來到野外，我倆就像小男孩一樣隨興。有個溫暖的正午，我們躺在一個樹林茂密的山谷中休憩，互相朝對方丟擲松毬，感性地高聲同唱著〈天真無邪的海蓮娜〉。清澈湍急的小溪，流水潺潺，涼爽誘人，於是李亞特和我便脫掉衣服，縱身跳進冷冽的水中。李亞特一時興起，坐到一塊長滿青苔的岩石上，扮起羅蕾萊[9]。我則在下方飾演水手，假裝揚帆經過。我原本該擺出悲慘的樣子的，但一見他故作嬌羞女態，時而擺起滑稽的鬼臉，不

9 羅蕾萊（Lorelei/Loreley），萊茵河中游一塊高一百三十二公尺的礁石，是萊茵河河水最深、河面最窄的一段。傳說中其岩頂上有一位同名的女妖，以美妙動人的歌聲迷惑行經的船隻，使之遇難。

禁大笑起來。附近突然傳來聲響，一群遊客遠遠而來，一絲不掛的我們便迅速躲到堤岸下方。等不明狀況的遊客經過，李亞特忽地發出一連串怪聲——咿咿、唧唧、呼嚕呼嚕。那群人著實嚇了一跳，四處張望，甚至探頭到河裡來，差點兒就發現我們了。這時李亞特冒出半個身子，瞪著那群騷動的人們，學起神父低沉的語氣說道：「你們平靜地走吧！」隨即又躲起來，捏著我的手臂說：「這也是個謎題。」

「答案是什麼呢？」我問。

「潘恩[10]嚇了一群牧羊人，」他笑著說道：「可惜裡面有幾個女的！」

他對我的歷史研究也沒興趣，不過很快地就和我一樣熱衷聖方濟，儘管偶爾會開這位聖人的玩笑，惹惱我。我們想像這位聖者像個可愛的大孩子，興奮、愉悅地漫步在溫布利亞（Umbria）的風景裡，感恩上帝的眷顧，謙卑地對人類充滿愛。我們一起研讀他那歌頌太陽的不朽詩歌，滾瓜爛熟到可以背頌出來。有一次，搭汽艇遊湖的回程中，晚風輕拂金光閃爍的湖水。李亞特低聲問我：「喂，那位聖者對這番景象說了什麼來著？」我遂引述道：

「Laudato si, mosignore, per frate vento e per aere e nubilo e sereno et onne tempo!（頌揚我主，願祢因風兄弟，因空氣、陰晴及一切氣候，永受讚頌！）」[11]

要是吵架，粗話盡出的當下，李亞特總會像個小學生，戲謔地封我一些滑稽的綽號，不禁令我轉怒為笑。這位朋友唯一正經的時候，是他聆聽或演奏自己喜愛的音樂。不過，即使如此，他還是能夠適時插科打諢。然而，他對藝術的熱愛，始終真摯執著，對藝術的鑑賞值得信賴。

朋友有難，他很懂得安慰，能夠共擔苦痛，分憂解愁。我心情不好時，他會說一堆荒謬的珍聞軼事給我聽，語氣深具撫平情緒、逗人開心的特性，令我難以抗拒。

他有些尊敬我，因為我的沉穩嚴肅，還有我的體格。他常在別人面前誇耀，擁有一位能單手撂倒他的朋友。他也很重視體能方面的訓練與技術，教我打網球，和我一起划船、游

10 希臘神話中，牧羊人和獵人的守護神。

11 出自聖方濟的〈太陽頌歌〉（Sonnengesang）。

泳，帶我去騎馬。尤其是打撞球，非等到我打得和他一樣好，才肯罷休。那是他最喜歡的活動，不只技巧純熟、技術高超，一上了球枱，總是特別活潑、快樂。他經常給三個球命名，名字就從朋友圈裡挑選；每打一球，就會依據球的位置、遠近，編起詼諧、影射和戲謔的故事。不過他打球的姿態卻是穩重、輕鬆，一派優雅，讓站在一旁觀賞的人，也覺得興味盎然。

他對我寫的文章，評價並沒有高於我自己。有回他對我說：「我向來都視你為作家，現在也還是；並非因為你那些專欄文章，而是我相信你內在蘊藏著深刻、美好的質素，遲早會展現出來，而將會是一部真正的文學巨著。」

大學時光就像滑落指縫間的錢幣般流逝。不知不覺來到李亞特思考回鄉的時候了。我倆故作輕鬆地享受著接近尾聲的學校生活，決定在殘酷的離別前，再一起轟轟烈烈玩一場，結束在快樂與希望的氛圍中。我提議到伯恩的阿爾卑斯山度假，不過當時仍是早春，到山區旅行還嫌太早。正在為此事傷透腦筋時，李亞特悄悄寫了信給他的父親，準備給我一個驚喜。

有一天他帶來一張鉅額的支票，邀請我當他的嚮導，陪他去義大利北部。

我又驚又喜，一顆心怦怦跳。少年以來魂牽夢繫的夢想，眼看就要實現了。我彷彿發燒似的頭暈目眩，趕緊稍做準備，匆匆教了李亞特幾句義大利語，直到行前一天，還擔心一切計畫會泡湯。

我們先將行李運走。坐上火車，窗外一一掠過綠色的原野、山丘、烏爾納湖、聖哥達隧道、村莊和小溪、提契諾州的碎石山坡和白雪皚皚的山巔，以及葡萄園上的黑石屋；這趟滿載期盼的旅程，沿著湖畔前進，穿越富庶的倫巴底（Lombardia），奔向匯集喧嘩、誘惑和汙穢的米蘭。

李亞特對米蘭大教堂沒什麼概念，只知是一座有名的大建築。看到他近乎惱怒的失望表情，感覺很有趣。待平復了情緒，他立刻又不改本性，建議爬上屋頂，到紛亂的石雕像間閒逛。後來我們確認，那些錯落在哥德式小尖塔上，數以百計的聖像其實沒什麼看頭，因為它們都是近代工廠大量生產的成品。四月溫暖的陽光下，我倆躺在寬闊的大理石板上，大約有兩個小時之久。李亞特愜意地說道：「你知道嗎？其實我並不介意再經驗幾次類似的失望。整個旅程中，我還擔心碰到什麼驚天動地的事，使我們喘不過氣來。沒想到會有這樣一個愉快的開始，符合我詼諧的人生。」仰望紛列雜陳的雕像，他隨之興起各式各樣的幻想。

「也許，」他繼續說道：「那個站在尖塔最頂端的的雕像，就是最崇高、最尊貴的聖徒。然而當個石製的走繩索特技演員，永遠在保持平衡，絕對沒什麼樂趣可言，所以他會偶爾脫身，回去天堂。你想想看，這事一發生，會引起怎樣的騷動！其餘那些聖徒當然就依照尊卑晉升一級，於是每一個都向上一躍，跳到前任空出來的位置上，大家行色匆匆，一面對排在他前方的那位，充滿嫉妒。」

日後每次經過米蘭，我都會想起那個下午，苦笑著想像上百尊大理石雕像正在那兒跳來跳去。

熱那亞（Genova）是另一個令我畢生難忘的地方。那是個晴朗風大的日子，午後，我倚靠在寬闊的護牆上，背對五光十色的熱那亞，腳下一片波濤洶湧、湛藍的洪流——這永恆不變的海洋，伴隨深沉的怒吼與神祕的嚮往，朝我席捲而來。我感覺內心正與這洶洶海浪展開生死相許的戀情。

無垠的地平線也撼動著我。我像回到了兒時，再次看到清新蔚藍的遠方敞開大門迎向我。我再次意識到，自己天生不適合久居人群，囚困在城市與公寓裡；命中注定得流浪異鄉，如同在大海漂泊。一股莫名的激情，喚醒心中久違了的悲愁，我願投入上帝的懷抱，渴望以卑微的生命，與永恆結盟。

我在拉帕洛（Rapallo）附近海域游泳。生平第一次和浪濤搏鬥，嚐到海水苦澀的鹹味，也體會了巨浪的威力。清澈的浪濤、黃褐色的岩岸、高遠且寧靜的天空以及無盡的潺潺水聲環繞身畔。遙望遠方，航行天際的船隻，無論是黑色的船桅、閃亮的白帆，或是蒸汽船冉冉升起的小白煙，每每令我心生讚嘆。除了我最喜愛的浮雲外，遠航船隻愈行愈小，終至消失在水平線上，也充分展現了憧憬與流浪之美。

後來我們抵達了佛羅倫斯。如同無數圖片和夢境裡的一樣，這個城市明朗、寬闊、親切。一條水色碧綠的河流貫穿其中，架著許多小橋；四周環繞著輪廓分明的山丘。舊宮的塔樓冒失地聳入萬里晴空；與塔樓高度相當的是美麗的費索雷城（Fiesole），在豔陽下顯得白淨明亮；山丘上果樹林立、花團錦簇，或白、或紅，熱鬧繽紛。托斯卡尼的生活充滿活力歡笑、無憂無慮，仿如奇蹟，令我驚喜萬分；沒多久，我就發現，它比起其他地方來得愜意自在，有家的感覺。白天我們穿梭在教堂、廣場、巷弄、柱廊或市集等地；晚上則在洋溢著檸檬香氣的山間庭園休憩，或到純樸的奇安提小酒館喝酒聊天。有時候，也流連在畫廊、巴吉洛博物館（Museo Nazionale del Bargello）、修道院、圖書館和聖器收藏室等地，收穫豐盛；或去遊覽費索雷、聖米尼亞托（San Miniato）、塞提聶諾和普拉托（Prato）……。

依照出發前的約定，我暫時留下李亞特，獨自去徒步旅行一個星期。徜徉在綠意盎然的溫布利亞山間，享受了一趟青春時期最美好、浪漫的流浪。走在聖方濟曾走過的街道上，依稀感覺他就陪伴在旁，內心充滿無限的愛，帶著感恩愉悅地和鳥兒、山泉和野玫瑰花打招呼。我隨手摘取檸檬，坐在向陽的山坡上享用，晚上就在小村莊裡過夜，一路默默吟詠創作的詩歌，在崇仰的聖方濟教堂，慶祝復活節。

那八天的漫遊，有如夕陽般的美好，至今難忘，是我青春的巔峰。腦海裡不斷湧現新的靈感，望著燦爛的陽光、歡樂的春景，如同凝視上帝慈祥的雙眸。

在溫布利亞，我崇敬地追隨「上帝的吟遊詩人」——聖方濟的足跡；在佛羅倫斯，我沉浸在十五世紀文藝復興初期的生活中。以前曾為文嘲諷現代生活的型態，不料直到佛羅倫斯，才真正見識了現代文化的頹廢與荒謬。我首次驚覺自己永遠是現代社會的邊緣人，燃起離去的慾望，嚮往移居到像南方這樣古意而熱情的地方。只有這樣，我才能自在地與人往來，開朗地過生活。因為這裡，生命是透過傳統文化與歷史的洗禮而成長，總是顯得純樸且優雅。

那幾個星期，在愉悅中匆匆流逝，我從未見過李亞特這般如癡如醉。我倆興高采烈盡情享用美的宴饗，常常深入山區，拜訪豔陽下的偏僻村落，和旅館主人、修士、農家少女以及優哉的牧師交朋友；偷聽戀人唱情歌、拿麵包和水果分給小孩吃，瞧他們皮膚曬得通紅，多麼可愛；站在春陽下的山崗，俯瞰生意盎然的托斯卡尼和遠方波光粼粼的立古里亞（Liguria）海。幸福的我們強烈感覺到，自己正邁向一個多采多姿的嶄新未來。工作、奮鬥、享受和名聲似乎唾手可得，我們只管不急不徐，悠然品味當下。即將到來的分離，也變得輕鬆、豁達起來，因為我們比以往更加確認，彼此需要對方，未來的人生路上也將互相扶持。

這就是我青春的故事。彷彿一個夏夜，晃眼即逝。一點點音樂、一點點感性、一點點愛情和一點點虛榮——就像古希臘祭典一樣，華麗、繽紛、多彩多姿。

然而，也像風中燭火，很快就熄滅了。

李亞特和我在蘇黎世道別。他兩次下車來吻我，火車開動了，還不時探出窗外，溫柔地揮手，直到看不見身影。

兩個星期後，他因游泳，溺斃在南德一條小得可笑的河流裡。我無法再見到他。我沒參加他的喪禮。我是在他下葬數日後，才接獲通知。我撲倒在地板上，用盡各種褻瀆的話語，咒罵上帝與生命，憤怒地哭喊。我終於領悟到，友誼是我那些年來唯一的財產，而今已成過往雲煙。

我無法再繼續待在城裡，往事歷歷令我窒息。此刻的我，對任何事全然無動於衷，心靈的沉痾讓我恐懼生命，重新揚帆迎向更為艱辛的成年磨練，是多麼希望渺茫。上帝已經把我最美好的部分，獻給了那段純真快樂的友情。我們就像兩艘快速行進的小船，一起乘風破浪；李亞特的小舟燦爛、輕快，滿載著愛，我一直相隨在後，堅信他會引領我到最光亮的目的地。不料，他卻隨短促的呼喊而沉沒；我的船也失去了舵，漫無方向地在驀然黯淡的海面上漂流。原本我應該依靠自己的力量，通過這次殘酷的考驗，即使仍有迷航的危險，也要依循星辰的指引，尋找新的生命方向。我曾相信友誼、愛情和青春，在它們一一離去之後，我可以轉而信仰上帝，將自己交到祂堅強的手裡呀？無奈我一生都像孩子般任性頑固，期待著真正的人生在暴風雨中降臨，使我變得聰明豐富，讓我乘著它巨大的羽翼飛往幸福國度。然而，慳吝的人生依然緘默，任我顛沛流離，既未招來風雨，也沒喚起星星，一味要我謙卑、馴服，要我掙脫頑固的桎梏。它不在乎任我演出驕傲與自以為是的鬧劇，僅等待著迷途的孩子自己重回母親的懷抱。

5

接下來的生涯，較之以前來得生動且精采多了，足夠寫成一小本通俗小說。我原本應該說到，我如何被一家德國報社延攬為編輯，又如何因文筆犀利、出言不遜，而招致刁難；又如何成了聲名狼籍的酒鬼，乃至最後被迫放棄職務，轉而成為駐巴黎的特派記者；又如何在這個該死的地方流浪，浪擲光陰，荒唐度日。

我不顧喜好低級趣味的讀者嗤之以鼻，略過這一小段插曲，絕對不是因為膽小。我承認自己曾經誤入歧途，看了許多齷齪的事，甚至身陷其中。但是，對我來說，放蕩的生活已經沒什麼浪漫可言。所以請你們允許我，僅僅描述純潔和美好的段落，讓那段迷失的日子就此塵封吧。

有個傍晚，我獨自坐在樹林裡，思考著是否該離開巴黎，或者乾脆就此了卻一生。我回憶自己過往的點點滴滴，前所未有地做了反省。我發現，拋棄生命並不值得遺憾。

然而，就在這一刻，眼前浮現塵封多時的一幕——那個夏日清晨，群山環繞的故鄉，我跪在彌留的母親床邊。

竟然這麼久未再想起那件事，我深感驚愕和羞愧，愚蠢的輕生念頭，頓時煙消雲散。任何人只要曾目睹一個健康、美好的生命消逝，就無法做出自毀的舉動，除非他是輕率隨便的人。我又看到母親臨終的情景，在死神靜默、嚴肅的帶領下，母親顯得多麼高貴。死神就像一位嚴父，把迷途的孩子領回家，既冷酷又無比的可靠與仁慈。

我突然又明白，死亡是聰明的兄長，我們可以放心地把自己託付給他，他會知道在我們有所準備的適當時刻前來。我也突然懂得，原來痛苦、失望和悲愁不是為了惹惱我們，使我們氣餒或者無地自容；它們的存在，而是為了使我們心智成熟，臻於完善。

一星期後，我把行李寄往巴塞爾，徒步遍遊法國南部，猶如惡臭緊隨的那段巴黎生涯，日漸隨風飄散。這是一趟療癒之旅。晚上睡在城堡、磨坊或穀倉裡，和皮膚曬黑的農夫一起聊天、喝酒。南方充沛的陽光釀出來的酒，喝來就是特別溫暖。

二個月後，我來到巴塞爾，雖然渾身邋遢、消瘦而黝黑，心境則徹底改變了。那是我的第一個長程徒步旅行，之後又去了很多次。從洛迦諾到維洛那（Verona）、巴塞爾到布利克

（Brig）、佛羅倫斯到佩魯賈（Pegugia），這些地方，我這雙泥濘不堪的靴子莫不再三造訪，只為了追尋尚未實現的夢想。

我在巴塞爾郊區租了一間小屋子，到了那裡，一打開行李整理妥當，便開始工作。在一個無人認識的城市裡生活，感覺很安靜。我仍和幾家報章雜誌保持聯繫，只因為必須工作維持生活。頭幾個星期過得安逸平靜，然後，憂傷又再度來襲。每每持續個一整天，甚至一個星期，即使工作期間也揮之不去。從沒經歷過憂鬱的人，無法瞭解這種心境。該怎麼說呢？一種可怕的寂寞感。一道鴻溝阻隔了我和人世，舉凡廣場屋舍與街道上的種種活動，任何重大災難，即便報紙的頭條新聞，都與我無關。慶典、喪禮、市集與音樂會，為了什麼？有何目的？我一概不關心。逕自前往郊外，在森林裡、山丘上以及鄉間小路遊盪；四周的草地、樹木和農田，眼神裡一抹哀傷與等待，靜靜凝視著我，彷彿想對我傾訴什麼。然它們只能佇立原地，無法言語。我瞭解他們的苦痛，卻只能心領意會，無力拯救。

我帶了自己詳盡的紀錄去看醫生，嘗試向他描述我的痛苦。他看了我的紀錄，問了些問題，也做了些檢查。

「您健康得令人羨慕，」他讚許道：「身體一點毛病也沒有。您試試看些書、聽些音樂來放鬆心情。」

「我因為工作的關係，每天都讀很多書。」

「那，您也要到戶外活動活動。」

「我每天散步三、四個小時，放假時更是花上雙倍的時間。」

「那麼，您得強迫自己接觸人群。您有畏懼人群的傾向。」

「那有什麼關係？」

「關係可大著了！您愈不想與人接觸，就愈該強迫自己。您現在的狀況還稱不上生病，在我看來還不太嚴重。如果再不停止這種無謂的閒盪，恐怕遲早心靈會失衡。」

那位醫生是個古道熱腸的人，很擔心我的狀況，特地介紹了一位學者給我。那戶人家常有聚會，提供藝文人士交流。於是我便前去拜訪。在座有人聽過我的名字，大家顯得很親切，態度真誠，從此我常去作客。

一個晚秋寒冷的黃昏，我到了那兒。只有一位年輕的歷史學家，和一個身材窈窕的女孩在場。女孩為我們倒茶，一面不時挖苦那位歷史學家，顯得十分健談，後來還彈了一會兒鋼琴。她告訴我，她讀過我那些諷刺作品，不過一點也不喜歡。我覺得她似乎滿聰明的，甚至是精明。我不久就回家了。

後來，我經常耽溺酒館，其實是個酒鬼一事，變得眾所周知。我倒是一點也不意外。藝文界、學術圈，流言蜚語散播的速度向來就是最快。而這個難堪的傳聞非但毫不影響我的社交活動，還反而讓我大受歡迎，因為當時正流行戒酒運動，幾乎每個紳士或貴婦都屬於某個戒酒組織，一旦有個標的落在手裡，自然見獵心喜。有一天他們終於展開首次的柔性攻擊，不斷從健康、道德與社會的角度對我曉以大義，陳義沉溺酒館的恥辱和酗酒的可怕，還邀請我去參加一個戒酒的活動。起初，我感到受寵若驚，因為當時對這些組織和它們的目的根本一無所知。只覺得這種伴隨音樂和宗教氣氛的聚會非常奇怪，也從來直言不諱。其後一連幾個星期，他們的好言相勸變得咄咄逼人，不斷糾纏，令我無比厭煩。於是，有個晚上，當他們再度老調重彈，盼我能回頭時，我一陣心灰意冷，懇請他們別再拿這些無聊事煩我。前述的那位女孩也在場，聽完我的反駁，說了聲：「精采！」不過我因為太過激動，並沒有回應。

由於這些經歷，後來目擊一場禁酒遊行中發生的插曲，便越發覺得大快人心。某個組織成員和賓客正在總部用餐，其間有演說、簽約儀式和歌唱表演，為他們的斬獲歡呼慶祝。有一個負責掌旗的人，因為冗長的演說沉悶無聊，便躲到附近一間酒館去喝酒。當莊嚴的遊行隊伍隆重出發，穿過大街小巷時，街旁那些所謂的墮落份子，便幸災樂禍地觀賞到一齣好戲上演。只見為興奮的遊行隊伍前導的人，喝得酩酊大醉，走路飄飄然，手裡那面藍十字旗子，有如行將沉船的桅杆，搖搖晃晃。

這位破壞份子於是被趕走了，不過彼此競爭的團體和委員之間，仍不斷上演著人性的傲慢、嫉妒與勾心鬥角，而且愈演愈烈，終告分崩離析。一些沽名釣譽的成員企圖把功勞全攬在身上，大聲數落那些不受感化的人，利用他們無辜的夥伴。熟悉內幕的人，不久便清楚地看到，在理想名號的掩護下，人性是如何齷齪不堪。我都是後來經人轉述才知道這些，幾次夜飲歸來，不免心想：看吧！我們這些魯莽的人才是好樣的。

從我那間一覽無遺的閣樓，可以遠眺萊茵河的景色；我在那兒看了很多的書，做了很多的思考。孤獨和寂寞包圍著我，生命就這麼從身旁流逝，無從捲入其中，也未曾有烈火般的激情或刻苦銘心的感動，引我脫離茫然的恍惚之境。除了例行工作外，我還忙於準備一本關於早期方濟會修士的書。不過，還稱不上創作，只是些資料的整理，無法滿足我的企盼。藉由回憶過去在蘇黎世、柏林和巴黎所碰到的人事物，我試著釐清現代人真正的慾求、熱情與理想。有人努力主張拋開過時的家飾、壁紙和服裝，推崇更自由、美麗的生活環境；有人藉由寫作和演講，致力於黑克的一元論[12]；有人追求世界和平，也有人為貧窮的下層階級奔走，或者四處募款、遊說，籌建公共劇院和博物館。而巴塞爾這個地方，則為酗酒的問題奮戰。

他們充滿了活力，朝氣蓬勃，然而卻是和我無關；就算所有目標都達成了，也絲毫影響不到我和我的生活。我絕望地跌坐在椅子上，推開手中的書本和資料，陷入冥想。窗外傳來萊茵河的潺潺水聲和颼颼風響，接著久違了的低訴，滿含悲愁與渴望，鋪天蓋地而來，令我激動不已。夜空蒼白的浮雲，猶如受驚的鳥兒，飛快地掠過天際；地上河水奔騰。我想起了母親的死亡、聖方濟、雪山環繞的故鄉，和溺斃的李亞特。眼前浮現自己攀爬岩壁，只為了把阿爾卑斯玫瑰獻給蘿西的情景；在蘇黎世興奮談論書、音樂的生活；和阿格里葉蒂在夜間划船；為李亞特的死萬念俱灰，四處流浪，時而振作時而沮喪。往日的一切究竟是為了什麼？有什麼意義？我難道不曾為了靈感、友誼，為了美、真和愛情而奮戰、受苦嗎？渴望與愛情的浪濤，不都還在我內心裡翻騰，令我喘不過氣來嗎？但這一切都是枉然，只留下折磨，沒有任何喜悅！

---

12 黑克（Ernst Heinrich Philipp August Haeckel, 1834 – 1919），德國動物學家和哲學家，第一個將達爾文的進化論引進德國，其一元論認為上帝與世界是同一的，萬有現象的本質只有一個，隨著對自然發展的認識越多，人們對世界觀的對立主張將逐漸縮減，而走向一個統一的一元論。

每想到此，就興起借酒澆愁。我於是熄了燈，摸黑走下陡峭且老舊的旋轉梯，不久便出現在維爾特林酒館或瓦特藍酒窖。在那兒，我是個好顧客，受到敬重，雖然我通常表現得很冷漠，甚至粗魯。我一面閱讀那份總是令我火冒三丈的八卦週刊《新普里契席姆斯》[13]，一面埋頭喝酒，直到心情平靜了下來。酒神用祂那女人般溫柔的手輕撫著我，使我感到舒適的倦意，而後迷亂的靈魂便進入美麗的夢幻國度。

關於自己待人的無禮，甚至從謾罵中得到樂趣，我偶爾也感到不解。我常去的那幾家酒館，女服務生都很怕我，直指我是憤世嫉俗的難纏傢伙，老是找她們的碴。和其他客人聊起天，我總是一副輕蔑的模樣，不過，別人跟我不一樣，倒是幾個上了年紀的酒鬼，還能整晚和我相安無事。其中有個心地還不壞的大老粗，是個圖案設計師。他十分厭惡女人，說話下流無恥，是公認的超級酒棍。我們如果在酒館相遇，當晚必定狂飲不止。起先是一邊談天說笑，一邊慢慢品酒；漸漸地，彼此不再交談，喝酒成了重點。我倆默默對坐著，各自抽煙，各自喝酒。二人速度相當，總是同時斟酒，又敬又喜地看著對方喝酒。某年晚秋，葡萄成熟時，我們相偕到產馬克格瑞夫勒白酒的村莊，途中這位老兄說了些他的經歷。應該是十分有趣的奇事，不過我幾乎全忘了，只記得他去參加某個鄉下活動的片段。他與幾位德高望重的人物同坐一桌，早早就把牧師和村長給灌醉了。然而，牧師還得致詞呢！好不容易把牧師拖上講台，他卻盡說些不堪入耳的話，於是又被抬了下去。村長臨陣代打，上台即興演說，一開始還頭頭是道，不過經過這一番折騰，他頓覺不適，終而草草結束。

我樂意請這位酒友重述這些故事，可惜在一次射擊比賽中，我們起爭執，彼此憤怒到互扯對方的鬍子，從此反目成仇。後來，兩個人同在一家酒館裡喝酒，當然是各佔一桌，不過出於習慣，彼此還是默默觀察著對方，以相同的速度喝著酒，直到深夜，酒館裡只剩我們兩個，最後被店家請了出去。然而，始終未重修舊好。

一再探究自己憂鬱和適應生活困難的原因，不僅徒勞，而且傷神。幸好還不至於耗光精

---

13 新普里契席姆斯（Simplicissimus），1896-1944 年間在德國慕尼黑出版的諷刺性週刊。

力，相反地，總是有一股莫名的衝勁在血液裡奔騰，相信自己一定會適時地創作出深刻的好作品；一定能從乏味的生活中，擷取幸福的片段。然而，真是如此嗎？我想到周遭那些神經質的藝術家，經常透過各種人為刺激，才得以創作出作品，而自己卻空有才能，毫無成就，不禁感到忿忿不平。究竟是什麼魔障，將我的靈魂桎梏在精力充沛的身軀裡，變得混沌沉重。我自許是個非凡的人物，只是時運不濟，痛苦無人知，心事無人解。

憂鬱最壞的結果，就是不但使人生病，還讓人變得自負、短視，甚至傲慢。就像海涅筆下的阿特拉斯[14]，自認擔起了全世界的苦痛和困惑，彷彿其他眾人都沒有承受同樣的苦惱。離群索居、遠離家鄉的我也未察覺，自身大部分的特質，其實遺傳自卡門沁特家族的寶藏或不幸。

我又開始每隔幾個星期拜訪那位好客的教授。漸漸認識在那兒出入的人。他們大多是學有專精的年輕學者，其中有許多德國人，還有幾位畫家和音樂家，以及攜家帶眷出席的中產階級。他們把我當成稀客，令我很訝異。後來才知道，他們彼此一個星期要見上好幾次面。

我很好奇他們在一起到底都聊些什麼、做些什麼呢？他們看來性格相近，相互之間似乎很投緣，都樂於和人互動往來，很能順應環境，那些我所缺乏的精神。其中有幾個特別氣質出眾。冗長的社交活動顯然沒有令他們疲憊，依然神采奕奕。我樂於和他們個別長談，無奈總是一個接一個，不著邊際地聊幾句就離開，期間還不時向女士們獻殷勤。讓我邊喝茶，邊與兩個人交談，耳朵還要邊聽演奏，裝出興奮、愉快的表情，實在辦不到。另外，被迫談論文學或藝術，也令我厭煩。看他們面不改色地胡說瞎扯，我也跟著敷衍了事，簡直痛苦不堪。這種空泛的交談不僅累人，也有失談話者的身分。我寧可聽聽婦女談論她們的孩子，或者說我的旅遊經歷，以及一些白天發生的事或其他。唯有這樣的談話，會讓我感覺親切愉快。不過，通常是我在聚會後，得再去酒館喝酒，藉以滋潤乾澀的喉嚨，消除累積了一晚的煩悶。

---

14 阿特拉斯（希臘語 Ἄτλας，德語 Atlas），希臘神話中的擎天神。

某次聚會上，我再次見到那位黑髮少女。當時有很多人在座，樂聲悠揚，伴隨著嘰嘰喳喳的說話。我坐在一個偏僻的角落，就著燈光翻閱一本托斯卡尼的風景畫集。那不是一般常看到的藝匠之作，而是充滿個人風格的風景素描，大部分都是和主人旅行的同好送給他的禮物。有一幅畫的是位於聖克里蒙地（San Clemente）僻靜山谷的小石屋。我認得這個山谷，因為我曾在那兒散步了幾次。山谷位於費索勒附近，觀光客很少造訪，因為那兒沒什麼名勝古蹟。不過，它有一股原始而獨特的美感，氣候乾燥，人煙稀少，夾在荒涼的高山中間，遺世獨立，冷清得令人止步。

這時，那少女走了過來，越過我的肩膀看了一下。

「卡門沁特先生，您怎麼老是自己坐在一旁？」

我一聽有些惱火。心想，她必定是受到男士們冷落了，才往我這兒來。

「怎麼不答話呢？」

「很抱歉，小姐。不過，我該說什麼呢？我獨自坐在這兒，因為我喜歡。」

「那麼，我打擾了您囉？」
「您很好笑。」
「謝謝，彼此彼此。」
然後，她坐了下來。我則繼續捧著那張畫。
「您是從山上來的，對吧？」她說道：「真想聽您說說那兒的事。我哥哥告訴我，您們村莊裡，只有一個姓氏，都叫卡門沁特。真的嗎？」
「幾乎，」我不耐煩地說道：「不過有一個麵包師傅，姓福斯利。還有一個酒館老闆姓尼德格。」
「其他都姓卡門沁特嗎？那他們彼此有親戚關係嗎？」
「或多或少。」
我把那張畫遞給她。從她拿畫的姿勢，看得出來她會懂得欣賞。我告訴她這個感覺。
「您過獎了，」她笑道：「不過很像學校老師在稱讚學生。」

「您不想看嗎？」我魯莽地問道：「我把它放回去了。」

「它畫的是什麼地方？」

「聖克里蒙地。」

「那是在哪裡？」

「在費索勒附近。」

「您去過嗎？」

「對，去了很多次。」

「整個看起來如何？畫裡只畫了一小部分。」

我陷入了沉思。粗獷原始的山谷景致映入眼簾，我不由得瞇起雙眼，試圖留住影像，好一會兒才開口說話。她知道我正在回憶，靜靜等在一旁。

我開始描述荒涼而壯麗的聖克里蒙地，悄悄暴露在夏日午後的豔陽下。鄰近的費索勒始有活絡的工商跡象，居民編織草帽和竹藍，或者販賣紀念品和柳橙，向觀光客兜售。再往南走，現代與古典兼具的佛羅倫斯。從聖克里蒙地看不到這兩個城市。這兒沒有畫家，也沒有古羅馬遺跡，歷史似乎遺忘了這個貧瘠的山谷。太陽和雨水在那兒與大地作戰，五針松樹因而奮力地保住性命，幾株在風中搖曳的柏樹根莖乾枯，伸出稀疏的枝葉，探查著威脅著它們生命的暴風是否來臨。

偶爾，會有農場的牛車經過，或者一個要去費索勒的農村家庭穿過這兒。他們都是意外的旅客，農婦身上的紅裙雖然漂亮，卻和聖克里蒙地的景象格格不入，看起來十分刺眼。

我又告訴她，自己年輕時和朋友一起徒步漫遊到山谷裡去，兩人背靠著細瘦的樹幹，坐臥在柏樹底下，山谷的那份淒美的魅力，引我想起群山圍繞的故鄉。

我們都沉默了下來。

「您真是位文學家。」女孩說道。

我做了個鬼臉。

「請不要誤會。」她繼續說道：「不是因為您寫的小說或其他作品，我才這麼說。而是因為您很瞭解大自然，而且深愛著它。一棵樹在風中颯颯作響，或者青山在陽光下搖曳，一般人看來有什麼意義呢？然而它們卻是能引起您的共鳴。」

我回答，世人無從瞭解大自然，努力探尋的結果，只會徒增迷茫，更加抑鬱。我們不了解，一棵挺立在豔陽下的樹、一塊飽受風霜的石頭、一隻動物或一座山，其實各有各的生命與滄桑，它們也有生活、苦痛、掙扎、快樂，甚至死亡。

我不停說著，很高興她聽得很專心，不禁觀察起她來。她緊盯著我的臉，毫不迴避我的眼光，神情安詳，但因為過於投入，顯得有些緊繃。看起來像個認真聽故事的孩子，不，應該說是一個聽得忘我的成人，不由得流露出孩童般的神采。我隨即有如發現了新大陸，非常高興地驚覺到，她非常美麗。

我的話說完了，她依然沉默著。久久才彷彿從夢中驚醒，瞇起眼睛望著燈光。

「小姐，您叫什麼名字？」我隨口問道。

「伊莉莎白。」

她說著轉身離去。後來大家請她彈琴，她也彈得不錯。就在這時，我走向她，猛然發現她已沒有剛才那麼美了。

我走下古雅的階梯，準備回家，無意間聽見兩位畫家的對話。他們正在玄關穿外套。

「反正，他整晚都忙著和漂亮的伊莉莎白打情罵俏呢！」其中一位說完，哈哈大笑起來。

「深水靜流嘛！」另一位接著說道：「他的眼光還不賴呀。」

原來這些傢伙已經開始嚼舌根了。我因此也警覺到，我竟一反常態地把自己的私密和大部分的人生，全都透露給一位陌生的少女了。怎麼會這樣？這下可好了，這群大嘴巴可有得說了！這幫傢伙！

回家之後，一連好幾個月我都不再上那兒去。某天，偏偏巧遇了其中一位畫家，還向我問起此事。

「您最近怎麼都沒來？」

「因為我無法忍受那些流言蜚語。」我回道。

「就是啊，那些女人們！」那傢伙笑道。

「喔，不，」我頂了回去：「我指的是那些男人，尤其是那些畫家先生。」

那些天裡，我只曾在路上匆匆瞥見伊莉莎白，一次在百貨商店，一次在美術館。她算是漂亮，但並不美。苗條的身材走起路來有點特別，增添了她的魅力，不過稍嫌做作了點。不過在美術館的她，很美，美極了。她沒有發現正在附近翻閱展覽目錄的我，因為她正注視著一幅塞岡第尼[15]的畫作。畫裡描繪的是幾個農家女孩在貧瘠的草地上工作，背景是蜿蜒的山巒，令人聯想到司托克宏恩山脈，清亮的天空上飄著一朵象牙色浮雲，畫得非常出色。那朵雲讓人印象深刻，在於它那蜷曲的雲團，看得出才剛為風兒糾結而成，眼下正準備再度緩緩飄散開來。伊莉莎白一定了然於心，才會看得如此入迷。她的臉上浮現平日少有的靈性，睜大的眼睛裡泛著一抹笑意，薄薄的嘴唇像孩子般柔和，眉宇那道原讓她顯得精悍的皺紋也變淡了。一件偉大藝術品的美與真，也挑起了她靈魂中美麗與真實。

我安靜地坐在一旁，凝視著塞岡第尼的美麗浮雲和為它著迷的美麗女子。由於擔心她轉過頭來會看到我，走過來和我說話，再次失去她的美麗，我趕緊悄悄起身離開。

大約是在那段期間，我對大自然的喜愛和態度開始有了轉變。我經常在近郊的鄉間徘徊，最喜歡到優拉森林中散步。森林、山巒、草原、果樹和灌木佇立在那裡，彷彿在等待著什麼。也許是在等我，總之，肯定是一份愛情。

我愛上了這一切。面對那無言之美，我的內心燃起一股激情，渴望生命變得深刻，自身有所覺悟，被瞭解也被愛。

很多人說他們「喜愛大自然」。意思是，他們不反對偶爾去感受一下大自然。他們走出戶外，欣賞大地之美，但卻踐踏草地，隨手攀折花木，而後不是隨手丟棄，就是任其在家中枯萎。這就是他們喜愛大自然的方式。每逢天氣不錯的假日，他們就會想起這份愛，為自己

---

15 塞岡第尼（Giovanni Segantini, 1858-1899），義大利象徵主義畫派的畫家，擅長高山景物的描繪。

的施捨感動不已。其實他們大可不必多此一舉，人類不是「萬物之靈」嗎？萬物之靈！

我開始貪婪地探究萬物的內涵，聆聽風兒在樹梢吹奏層次分明的曲子、溪流在峽谷中澎湃奔騰，靜謐的河水緩緩流過平原。我知道這些聲響，都是上帝的語言；聽懂這謎樣的原始語言，等同於重回了伊甸園。很少書籍提到這些，只有《聖經》裡，如造物者「難以言喻的嘆息」這樣美妙的詞句。然而，我明白，自古以來總有和我一樣的人，為這些不可解的事物所迷惑，進而拋開塵囂紛擾，但求一份寧靜，學習隱士、僧侶和聖徒，日以繼夜追逐造物主的歌聲、凝視雲彩飄遊，衷心嚮往永恆的境地。

你去過比薩的堪坡尚德古墓（Camposanto）嗎？那兒的牆壁上掛滿了幾個世紀以來的收藏。色澤斑駁的畫作裡，有一幅描繪底比斯沙漠裡的隱士生活，儘管已褪色了，但是仍散發著一股安詳，充滿幸福的魅力，令觀者然驟然頓悟，不勝唏噓，渴望也隱遁到一處聖潔的角落，以眼淚滌淨內心的罪惡與汙穢，就此遠離凡塵。無數的藝術家，試圖藉著精采的繪畫表達他們的鄉愁。路得維希．瑞西特[16]的任何一幅可愛的兒童畫像，也和比薩壁畫一樣，帶給人感動。偏愛捕捉當下、繪畫人物百態的提香[17]，為什麼偶爾會在寫實的畫作上，增添柔和的藍色背景呢？難道看不出來那一筆溫暖的深藍，其實在表現遠方綿延的山巒，或者浩瀚的天空。提香自己也許也不清楚，但絕非如史家所宣稱的，是基於色彩上的考量，而是這個快樂靈魂蠢蠢欲動的嚮往。我想，任何時空的藝術，都在試圖表達潛藏於內心對神性的那份渴求。

方濟聖者在這方面就直率、完美多了。直到這一刻，我才真正瞭解他。他對上帝的愛，包含了大地、動植物、星辰、風和水，以致於超越了中世紀，甚至但丁，找到了永恆的人類語言。他視天地萬物和大自然為自己親愛的兄弟姊妹。晚年，當醫生要用熾熱的鐵塊燒灼他的額頭做為治療時，備受重病折磨的他雖然害怕，仍稱呼這塊恐怖的鐵為他「親愛的火兄

---

16 路得維希・瑞西特（Ludwig Richter, 1803-1884）德國浪漫時期的畫家，以風景繪畫著名，畫風強調人與自然的諧和。

17 提香（Tiziano Vecelli, 1477-1576），義大利文藝復興時期的畫家，畫作多為人物肖像畫，重視色彩的運用。

弟」。

我將大自然當人一樣疼愛，如同對待外國朋友或旅伴般，傾聽它的心聲，如此一來，我的憂鬱雖然沒有痊癒，卻也昇華、淨化了。我變得更加耳聰目明，辨認得出細微的聲調差異，期盼能逐漸接近，更加清晰地聽見所有生命的脈動，經由瞭解，有朝一日以詩句表達它們的意境，讓其他人也能和大自然惺惺相惜，從而獲得清新、純真的泉源。不過這還只是個願望、一個夢想……，我不知道有沒有實現的一天，眼前可以做的是，學習熱愛所有看得見的東西，不再冷漠、輕蔑。

我無法形容，我那陰鬱的生命因此獲得了何等的復甦與撫慰。我只能說，再沒有比這份永恆的沉默之愛，更崇高、更令人幸福的了。我別無所求，期望讀者中，能有幾位，甚或一或兩位也好，經我的激勵，學習到這項質樸且受用的藝術。有些人是上帝的寵兒，生來就具有這樣的天賦，自然享有這項本事，他們是人類中的好孩子。有些人則必須在悲苦中習得這樣的能力——見過那些儘管身障或貧困，眼神依然平靜、慧黠的人們嗎？如果你們不屑我笨拙的言辭，就請拜訪他們，這些以愛克服苦難而散發著光芒的人們。

受苦受難還能達到這樣的境界，令我敬仰、稱羨，自己至今相距甚遠。不過，值得安慰的，是我已知道到達的正確途徑。

至於是否一直留在正道上，繼續往前邁進，我就不敢說了。相反地，我總是隨處停下來歇息，偶爾也拐錯彎。我的內心有兩道根深柢固的傾向，一再衝擊著這份摯愛，那就是酗酒與孤僻。我雖然已經大幅降低酒量了，但是每隔幾個星期，花言巧語的酒神就會說服我投入祂的懷抱。不過倒不至於醉倒街頭或者酒後失態，多虧酒神愛我，只將我引誘到與祂對話的境地。無論如何，每次喝完酒，還是會自我譴責一陣子。我終究無法放棄對酒的喜愛，畢竟那是得自父親遺傳的癖好，我小心翼翼地長年呵護，以示孝道，結果自己也成了一名酒徒。我想到了一個對策，亦真亦戲地為慾望與良心找到和諧。我的聖方濟讚美歌中，從此加了一句「我親愛的兄弟——酒」。

6

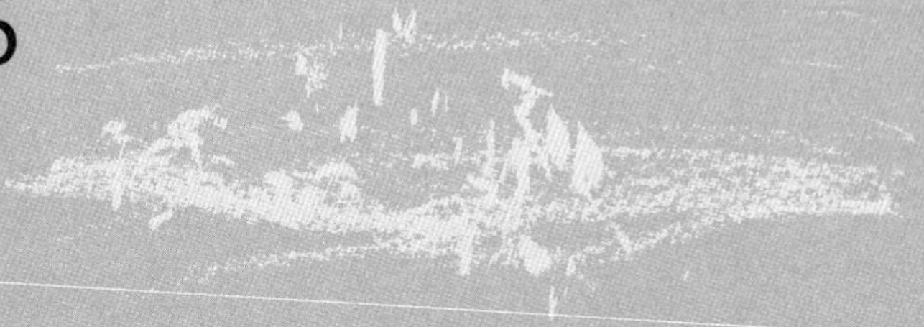

我的另一個棘手的惡習，便是我不喜歡與人相處，習於隱居的生活，勉強與人交往，態度總是帶著嘲諷與輕蔑。

展開新生活之初，我毫不在乎他人的生活，一逕將愛奉獻給無言的大自然，全心全意關注著大自然的一切。

夜晚臨睡前，我會突然想起一棵很久未去探望的樹，一棵我所鍾愛的、位於某個山丘的樹。想它此刻正在夜風中做著夢，或者搖曳著枝椏昏昏欲睡，還是嘆氣。那會是什麼模樣呢？我於是出了門，摸黑尋得那模糊的身影，溫柔地凝視，然後帶著它沉睡的印象離開。

你們覺得可笑吧？或許這份愛是有些偏執，但絕非徒然。只是，我該如何將這樣的愛，轉為對人類的愛呢？

不過，我覺得凡事一旦開了頭，就自然會有好結果。我那偉大詩歌的創作，不斷在腦海中運轉，似乎愈來愈可能實現。然而，假若有一天，對大自然的愛使我透過森林與河川的語言成為文學家，這番成就又會是為了誰呢？絕不會只是為了我所愛的大自然，更應該是為那些我想要引領他們去愛的人們。然而，我對他們卻是如此輕蔑、冷漠。我畢竟覺察這項矛盾，意識到必須克服這種心態，嘗試與人們建立感情。

對我而言，這不是件容易的事，因為長期的孤獨生活，已使我變得乖僻。僅僅在家裡或者酒館避免粗魯，或者在街上和不期而遇的朋友寒暄是不夠的，更糟糕的是，如此一來，大家不是對我友善的態度感到懷疑，就是反應冷淡，甚至認為我在嘲弄他們。我已經將近一年沒去那位學者的家了。我明白，要打入此地的社交圈，就必須再次登門造訪，畢竟那兒是我唯一熟識的地方。

就在這時候，卻是我所鄙棄的人情世故拉了我一把。想起學者家，我不免也聯想到伊莉莎白，她凝視塞岡第尼雲彩時的倩影。我驀然驚覺，原來我憂鬱的心多麼渴望著她，前所未有地興起結婚的念頭。一直以來，我始終深信自己不適合婚姻，常常抱著自我挖苦的態度，自嘲是個作家、流浪漢、酒鬼、孤獨的光棍！此刻我似乎感覺到，命運要我藉由婚姻的橋樑，通往人類世界。多麼誘人！多麼明確！我知道伊莉莎白對我頗為關心，她有一顆善感的心，氣質高尚，當她聆聽有關聖克里蒙地的一切，以及凝視塞岡第尼畫作時，散發出來的美非常動人。這麼多年來，我從接觸大自然和藝術中，收集了非常豐富的寶藏；她將從我這兒學習如何欣賞萬物之美，我會以美以真將她包圍，讓她揮去容顏與心靈上的陰鬱，綻放出光華。對自己突然的改變，說也奇怪，我一點都不覺得可笑。一夕之間，我這個孤僻的怪人，竟搖身一變成了幻想結婚、成家立業的小夥子。

我趕忙拜訪那個教授的家，承受他們對我久未展露的善意指責。之後，我接連去了好幾趟，終於遇到伊莉莎白。喔，她真是美麗！全然如我想像的情人風采，美麗、幸福，讓我久久不能自已。她親切地和我打招呼，親密的態度令我備感陶醉。

還記得那個湖上泛舟的夜晚嗎？那個燈籠高掛、樂聲悠揚，而我的愛未發先亡的夜晚？那是一個男孩悲傷又可笑的單戀故事。

不過，成年男子培德·卡門沁特的單戀，更可笑，更悲傷。

我獲知伊莉莎白不久前訂婚了。我連忙向她道賀，也和前來接她的未婚夫打了照面，恭喜他。一整晚，我的臉上始終掛著笑容，彷彿沉重的面具。後來，我既沒往樹林跑，也沒上酒館喝酒，而是坐在床上凝望著油燈，直到它熄滅，才驚慌地回過神來。苦痛與絕望的黑影再次籠罩而來，我心碎地躺在床上，像個小男孩地啜泣起來。

隨後我收拾了行李，翌晨就搭火車回家了。我渴望再登上塞那爾普斯托克山，追尋童年，並探望父親是否健康。

我和父親之間變得很陌生。父親的頭髮泛白，身體有點駝背，不復往日挺拔。他幾近羞澀地對待我，什麼也沒問，還要把床讓給我。顯然我突然的探訪，讓他既驚訝又困窘。他僅剩那間房子，牧草地和牛羊都賣了，現在靠微薄的利息和四處打零工為生。

父親出門後，我走到從前放母親床鋪的地方，往事如靜謐的江流流過。我不再是少不更事的男孩，今後的歲月想必也將飛逝如梭，總有一天我也會變成白髮的傴僂老人，悲涼地躺在床上等待死神的召喚。這間老舊的房子幾乎保持原樣，我曾在這兒度過童年，學習拉丁文，並目睹母親死亡。在這兒，我感到平靜了不少。憶及年輕歲月的寶藏，我的心充滿感恩，想起在佛羅倫斯習得的一首羅倫佐・梅迪西[18]的詩：

Quant' é bella giovinezza,（青春多美妙，）

Ma si fugge tuttavia.（然稍縱即逝。）

Chi vuol esser lieto, sia:（及時行樂吧！）

Di doman non c'è certezza（世事無常啊！）

我很訝異，竟然把義大利這個歷史悠久的遠方國度，帶到家鄉這個老舊的房間裡。後來我給了父親一點錢。晚上，我們就一起去酒館喝酒。那兒一切如昔，唯一不同的，是現在由我付帳。父親仍對香檳和夏帖酒品頭論足，但推崇我才是權威，而且我現在的酒量也比他好。我問起當年我把酒倒在他頭上的那位老農夫。他其實也是個風趣的人，經常花樣百出。聽說他早已過世，連他說過的玩笑話，在座的都遺忘了。我喝著瓦特藍酒，默默聽著周遭的交談，偶爾回應個幾句。我和父親走在月光下回家，父親喝得醉醺醺的，沿途還繼續比手劃腳、東拉西扯。我感到一股前所未有的魔力，過去的一個個身影突然向我圍了來，康拉德舅舅、蘿西、母親、李亞特和阿格莉葉蒂，我宛如翻開一本美麗的相本，一一瀏覽。這些人比起過去都來得美麗，委實匪夷所思。種種回憶曾經澎湃地流過我的身邊，為我所遺忘，如今卻清晰地浮現腦海裡，即使長年漂泊，仍不知不覺烙印在我記憶深處。

回到家，父親仍喧嚷到很晚才靜下睡去。我又想起了伊莉莎白。昨天，我們噓寒問暖，我也還傾慕著她，並向她的新郎道喜，但是感覺上好像很久以前的事了。苦痛再次襲來，伴隨波瀾壯闊的記憶洪流，就像焚風搖撼阿爾卑斯山上的破舊小茅屋，我那脆弱的心也搖搖欲墜。我無法待在屋裡，起身翻過矮窗，穿越院子走向湖邊，解開乏人照料的小船，悄悄划進

18 羅倫佐．梅迪西（Lorenzo de Medici, 1449-1492），義大利的政治家，佛羅倫斯的貴族。對文學與建築藝術頗有研究，本身也寫不少詩作。由於積極贊助推動藝術、文學與建築，獲得「了不起的人」（il Magnifico）的封號。

蒼茫的湖面。四周山巒籠罩銀色的霧氣，顯得莊嚴寂靜；許瓦岑斯托克山巔幾乎就要觸到淡藍夜空中的那輪明月。靜極了，我彷彿聽得見遠處塞那爾普斯托克瀑布的淙淙水聲。故鄉的精靈和青春的魂魄，用它們蒼白的翅膀撫觸著我，在我的小船上推擠，雙手急切地比畫著神祕的手勢，流露出悲苦的表情。

我的人生到底有什麼意義？為什麼我得經歷無數的悲歡離合？為什麼我一心企盼的真與美，至今仍遙不可及？為什麼我為那些值得追求的女子流淚，還要飽受愛的折磨？而今又為一份沒有結果的愛，羞赧得垂首哭泣？上帝既已命定我的孤獨，為什麼又給我一顆渴望被愛的心呢？

湖水輕拍船頭汩汩作響，順著划槳滑落銀白的水滴，群山彷彿近在眼前，卻沉默不語；月亮透過霧氣閃耀著冷冷的光。而我那青春的魂魄靜靜圍繞著我，眼睛動也不動地凝視著我，透露著疑惑和不解。我看到美麗的伊莉莎白彷彿也在其中。如果當年及時出現在她面前，或許她會愛上我，成為我的伴侶。

如果就此沒入蒼蒼湖心，該有多好。不會有人問起我的下落。想歸想，一發現破舊的小船進水了，我還是拚起命來划。渾身突然打了個哆嗦，便趕緊回家，躲進被窩裡取暖。儘管疲憊，始終還是無法入眠，索性回顧起這一生，試圖釐清自己究竟缺少了什麼，必須如何才能過得幸福而真實，更接近生命的核心。

我當然知道，所有的善良與歡樂莫不源於愛，我必須忘卻伊莉莎白引起的苦痛，認真去愛人類。只是，該如何去愛？又該愛誰呢？

我想起了年邁的父親，首次意識到，自己從來沒有好好愛過他。少不更事的我，常常困擾著他，後來又遠走他鄉，連母親死後，也留他一個人在家，棄他於不顧，還幾乎把他給忘了。我不禁幻想他臨終躺在床上的景象，我孤苦無依地站在一旁，望著他那我從不認識、也從未努力贏取疼愛的靈魂漸漸離去。

於是，我嘗試著將對夢中情人的關注，轉到一位可憐的老酒鬼身上，學習起艱難卻甘美的藝術。我不再粗聲粗氣地對他說話，盡可能陪伴他，讀一些通俗的軼事小品給他聽，還告訴他有關法國和義大利的酒。我還是讓他繼續做些零工，以免他頹廢下來。我也嘗試不讓他晚上去酒館，而和我在家裡喝。一連幾個晚上，我買了酒和雪茄，大費周章陪他消磨時間。但到了第四、五個晚上，他不發一語不發，顯得很不滿。我問他到底怎麼了，他才解釋道：「我以為你不讓爸爸上酒館了。」

「沒這回事。」我說道：「你是父親，我是孩子。事情該怎麼做，由你決定。」

他狐疑地向我眨了眨眼睛，隨後心滿意足地拿起帽子。我倆便一塊兒到酒館去了。

雖然嘴裡沒說出來，但是父親明顯地並不喜歡長期和我待在一起。而這時，我的內心也有一份衝動，冀望到遠方平復受創的心靈。「我如果這幾天又出遠門去，你會覺得怎樣？」他搔了搔頭，聳了聳瘦削的肩膀，狡猾地微笑著說：「隨你便囉！」臨行前，我去拜訪了幾位鄰居和修道院神父，請他們代為照料父親。我還特別找了一個好天氣去攀登塞那爾普托克山。爬上那寬廣的半圓形山頂，眺望群山與綠谷、清澈的湖水和遠處城市的煙嵐。兒時，我對這一切雀躍不已，充滿渴望，從而離家意圖征服廣大的世界。此刻，她一如往昔，美麗而陌生地呈現在我的眼前。而我也整裝待發，打算再去尋找幸福的國度。

為了研究，很久以前就計畫至阿西西（Assisi）一段時間。我先回到巴塞爾，張羅了點必需品，打包了行李，先寄往佩魯賈。自己則搭車到佛羅倫斯，然後從那兒緩緩徒步朝南方前進。一路上的人們，相處起來不必費心思，他們單純、自在與樸實，所以一個個城鎮下來，輕易地交到許多朋友。我再次感覺回到家的安心，於是決定，日後回到巴塞爾，要在平凡的人群中尋找溫暖，不再理睬所謂的社交圈了。

在佩魯賈和阿西西這段期間，我又熱烈展開了歷史研究。由於生活得很愉快，受傷的心靈不久也癒合，為新的人生搭起一座健康的便橋。阿西西的房東是位健談的賣菜婦人。幾次關於聖徒的談話後，我們成了好朋友，我那「虔誠天主教徒」的封號即拜她之賜。儘管這份榮耀受之有愧，但是卻拉近了我和當地人的距離，讓他們相信我不像其他外來客是個異教徒。房東太太叫愛倫琪安塔．娜爾蒂妮，三十四歲，是位寡婦，體態豐腴，舉止端莊。星期天總是一襲豔麗的碎花洋裝，看起來喜氣洋洋，除了耳環外，還戴了一條金項鍊，配有閃閃發光的圓形金墜飾，叮噹作響。她隨身攜帶一本燙金的每日祈禱書，書很厚重，使用起來顯然很不方便。相較那條以銀色扣環相扣的精緻念珠，她就熟練多了。她趁禮拜儀式的空檔，坐在迴廊向那些尊敬她的鄰人，數落沒做禮拜的不是，圓圓的臉上盡是對上帝的虔誠，相當動人。

由於始終叫不出我正確的名字，所以大家就叫我皮耶托先生。清輝滿天的夜晚，我們成群包括鄰居、小孩和貓咪圍坐在迴廊上，或者在店鋪裡，置身各種水果、一籃籃蔬菜、一盒盒種子和一條條倒掛著的煙燻香腸中間，抽著雪茄，或啃著西瓜，分享彼此的經歷，談談收成的期待。我告訴他們關於聖方濟的事蹟，波提溫庫拉的故事，和這位聖者的教堂，還有一些關於聖克拉拉（Santa Clara），以及早期修士的事情。大家都聽得入神，然後提了許多的問題，稱頌著方濟聖者。隨後話題轉向近代轟動一時的事件上，其中海盜和戰爭的故事最受歡迎。貓咪、小孩和小狗附近嬉鬧著。我的興致高昂，加上有些得意，事前翻遍了聖徒傳奇，找尋富教化意義的感人軼事小品，很慶幸行囊中帶了阿諾德的《眾主教和其他聖徒列傳》。我把這些故事稍作修改後，用簡單的義大利文說給他們聽。路過的人也常會駐足聆聽，甚至加入聊起天來。聚集的人群，一個晚上會更換個三、四批，只有娜爾蒂妮太太和我始終沒有缺席。我隨身都會帶著一瓶酒，令那些節儉的窮人家羨慕不已。漸漸地，我也贏得鄰家羞澀少女的信賴，和她們站在門邊聊天。她們接受我送的小畫，相信我的聖潔，因為我不會亂開玩笑，對她們從未有逾矩的舉動。女孩中有幾個大眼睛的夢幻美女，像極佩魯吉諾畫中的女子。我很喜歡她們的親切活潑，不過並沒有對任何一個動心，因為她們的美不分軒輊，純粹種族性使然，而非個人風采。另一位經常加入我們的年輕人，聰明詼諧，叫馬提歐·斯比聶里，父親是麵包師傅。他會模仿很多動物，知道每一件緋聞，滿腹調皮的鬼點子。我講述聖徒事蹟時，一開始他非常虔誠謙恭地聆聽著，隨後卻故意提出一些刁難的問題，比喻、揣測，盡開聖徒的玩笑。此舉常惹怒水果攤老闆娘，卻為眾人所喜愛。

我也經常單獨和娜爾蒂妮太太促膝而談，聆聽她含有勸世意味的言論，覺得她個性上的那些人性弱點很有意思。她身邊朋友的過失與惡習，無一逃過她的法眼，經過嚴格的評估，她為他們每個人在煉獄中配好了適當的位置。至於我，她當然疼愛有加，毫無保留地與我分享她的所有經歷和觀察，甚至關心我買東西的價格，擔憂我被佔了便宜。她要我說有關聖徒的生平，然後以購買果菜和廚房料理的祕訣作為報酬。有個晚上，大夥兒又齊聚在破舊的迴廊，我各唱了一首瑞士歌和山歌，讓小孩和少女們為之心醉神迷。一時興起，大家扭動著身體，模仿起外語的聲調，表演我唱山歌時，喉頭是如何上下跳動。後來有人聊起了愛情。女孩們咯咯地笑，娜爾蒂妮太太則翻起白眼，沒好氣地嘆了口氣。最後我也被起鬨說自己的愛情故事。我沒有提到伊莉莎白，卻說了和阿格莉葉蒂的夜晚泛舟，以及那次夭折的示愛行動。這件事，除了李亞特外，我沒有告訴過任何人，此刻，卻面對著南國狹窄的石板街道，以及夕陽下的山丘，說給這群好奇的溫布利亞朋友聽，顯得有些奇怪。我依循傳統的小說模式，平鋪直述，不過內心怦怦跳個不停，深怕被取笑了。

「這樣一位風度翩翩的男士！」一個女孩子大聲地叫道：「這樣風度翩翩的男士，竟然有這麼一段坎坷的愛情！」

娜爾蒂妮太太輕撫著我的頭髮，說道：「可憐蟲！」

另一個女孩送我一顆梨子，我請她先咬一口，她照做了，然後嚴肅地遞過來給我。當我要把梨子與其他女孩子們分享時，她卻提出抗議：「不行，您自己吃！那是我送給您的，因為您跟我們分享了您的不幸。」

「不過，您肯定會再愛上其他人的。」一位膚色黝黑的農夫說道。

「不會了。」我回答。

「哦，您還愛著這個壞心的艾兒米妮雅？」

「我現在愛的是聖方濟，他教導我要愛所有人，愛你們和溫布利亞人，還有孩子們，甚至艾兒米妮雅的情人。」

這般世外桃源的生活後來變得有些複雜棘手，因為我發現，好心的娜爾蒂妮太太滿心期待我就此落地根生，和她結婚。這件事使我不得不祭出圓滑的外交手段，因為要在不傷及彼此友誼的和諧下打消她的夢，實在不容易。另外我也必須考慮回家了。如果不是有朝一日寫就偉大作品的夢想，還有手頭有點緊，我應該會留在那兒，何況經濟困窘，我或許更應該和娜爾蒂妮結婚。喔，不！真正令我裹足不前的，是那尚未癒合的情傷，我又燃起再見到伊莉莎白的渴盼。

這位豐腴的寡婦，意外地接受了這個既定的事實，並沒讓她的失望造成我的負擔。相反地，動身離開的那天，我比她還離情依依。這一回我拋下的，遠比離開家鄉時多太多了。從來沒有這麼多人如此深情地握著我的手，他們為我的旅途準備了水果、酒、麵包和香腸。我深切地意會到，眼前揮別的，是一群真正在乎我的朋友。道別時，娜爾蒂妮親吻了我的雙頰，眼眸裡泛著淚光。

以前總以為，不需回報的被愛是一種享受。當下，我卻明白了，面對一份無法給予回應的深情，如此令人難堪。不過，能被陌生女子所愛，希望託付終身，我是有點得意的。

這一點小小的虛榮，意味著我內心的創傷已經痊癒了一些。我對娜爾蒂妮太太感到抱歉，寧可這事從沒發生。我也逐漸認清，幸福和外在願望的實現沒有什麼關係。青春的戀愛苦楚，儘管多麼難挨，卻不是什麼悲劇。無法擁有伊莉莎白，雖然令我痛苦，但是無損我的生命、自由、工作和想法。況且，我依舊可以站在遠方盡情愛戀著她。感謝這些想法和在溫布利亞樸實快樂的日子，惠我良多。我對滑稽可笑的事物，一向別具心裁，只不過總被自己揶揄的心態掃了興。現在我逐漸能夠欣賞生活中的幽默，能夠接受自己的命運，也不吝於享受生命宴饗中任何可口的點心。

通常剛從義大利旅行回來的人，都是一副不屑，滿腹原則和偏見，臉上掛著包容的微笑，雙手插在褲袋裡，自認是個豁達老練的生活家。在溫暖的南國度過愜意的生活後，以為回到家後也可以繼續這樣的日子。我也是這樣，那一次尤其明顯。回到巴塞爾後，一成不變的步調依舊老態龍鍾，沒有改變，我的心從興奮的高處一階一階地往下掉，沮喪又懊惱，幸好一些收穫仍持續在發酵，我的小船無論經過清澈或者混濁的水域，至少都還可以自信滿滿地搖晃著一桿豔麗的小旗幟。

另外，我的一些觀點也慢慢在改變。對於自己正脫離青年、邁向成熟，沒有感到遺憾，因為我學會了將人生視為短暫的旅程，自己是個徒步的旅人，無論經歷為何，乃至最後從人間消逝，都不會激起任何漣漪。專注追尋人生目標、一個鍾愛的夢想，不再覺得自己無可代替。即使在途中偷閒，一整天躺在草地上吟詩作對，盡情享受眼前的美好，也不會良心不安。我從來沒有崇拜查拉圖斯特拉，但是一直是個優越感十足的人，總是自視很高，視卑微者無物。然而，我逐漸體悟到，貧賤與權貴間界線模糊，那些受壓迫或貧窮的人們，不但和富貴人家一樣生活得多采多姿，甚至還更為溫馨、真實，值得效法。

回到巴賽爾時，正巧趕上伊莉莎白家的第一場晚宴。我不在時，她已經結婚了。我才旅行回來，皮膚曬得通紅，心情好極了，遂帶著許多有趣的紀事前去拜訪。這位美麗的女子似乎很高興我的到訪。整個晚上，我都在慶幸當初沒有因為那太遲的求婚而顏面盡失。即使有了義大利的經歷，我對女人仍然有點不放心，總認為她們看到愛戀自己的男子遭受絕望之痛，一定殘酷地沾沾自喜。兒時曾聽一個五歲男孩說過一個故事，正好提供了一個活生生的例證。在這個小男生就讀的幼稚園裡，有一個很奇怪的慣例，遇有男生犯了重大錯誤，必須接受打屁股的處罰時，為了讓受罰者感到窘迫難堪，會有六個女生負責將掙扎不依的頑童抓牢在椅子上。由於這是一項榮譽的差事，所以都由六個班上最乖的女生擔當，儼然道德楷模執行這個殘酷的任務，並從中獲取樂趣。我曾仔細想過這個故事，它還多次進入我的夢鄉。根據夢中的經歷，至少我知道這種情形何等的悲慘。

7

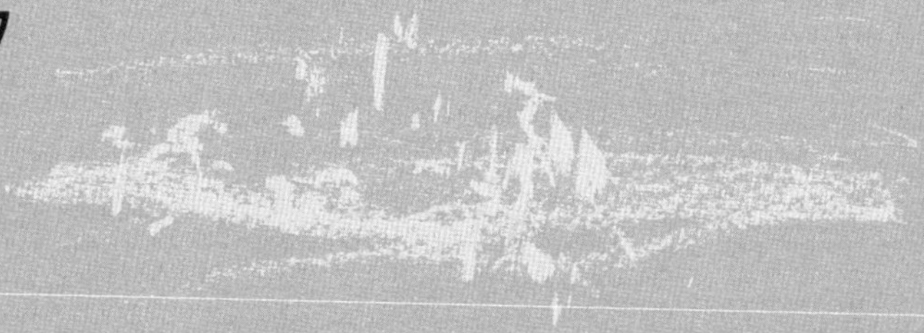

我仍舊不滿意自己寫的作品。那份稿酬足以為生，甚至夠存點積蓄，偶爾還能寄錢給父親。他樂於拿著錢去酒館喝酒，在那兒大肆稱頌我，甚至還想回報我。我跟他提過自己大部分的錢是為報紙寫文章賺來的，他便以為我是那種地方報社聘任的編輯或記者，於是請人代寫了三封信給我，裡面都是些他認為重要、可以提供我參考並賺錢的事件。第一件是穀倉失火，其次是兩個登山客跌落山谷，最後是地方議長的選舉結果。信上模擬新聞報導的筆調，讀起來非常滑稽，我覺得很有意思，也感到欣慰，因為那是我和父親之間的聯繫，也是我多年來第一次收到家鄉寄來的信。比起我那些塗鴉文章的無心諷刺，更有耳目一新的感覺。我經年累月評論的那些書，其重要性和影響力恐怕都遠遠不及那些鄉間軼事。

當時有兩本新出版的書，作者是我在蘇黎世認識的兩個作家，一向作風怪異。其中一個住在柏林，善於描寫大都會咖啡館和妓院裡發生的齷齪事。另一個在慕尼黑近郊蓋了一幢奢華的別墅，作品鄙俗，無可救藥地徘徊在神經質的觀察，與藉助神鬼靈媒的啟示之間。我寫了書評，開了他們一些玩笑。那位神經質的作家回覆一封充滿輕蔑的信，措辭極為高傲。另一位則在雜誌上針對我的書評大加撻伐，認為自己的立意被嚴重扭曲，並舉例左拉為自己辯護。他不僅指責我無知，連帶地攻訐瑞士人自負、保守。當年在蘇黎世，或許是他的寫作生涯中唯一還算健康、值得尊敬的時期。

我從來就不是個極端的民族主義者，但這種狂妄的柏林口氣實在欺人，所以我回了一封信，毫不保留地鄙視他吹噓的現代都會。

這次筆戰令我大呼過癮，也迫使我再次反省自己對現代生活的態度。整個過程辛苦而無聊，而且毫無收穫。就算我不提，這本小書也不會因而失色。

然而，這番檢視使我不得不透徹地自我反省，並思索長久計畫的畢生巨著。

如你所知，我一直有個願望，期望能寫就一部非凡的作品，使人們更瞭解大自然宏偉而靜默的生命，進而愛上它。我想教導他們傾聽大地的律動，共築生命的圓滿，同時告訴他們，在命運微妙的運轉底下，不要忘記自己並非神仙，無法獨力創造。我們只是大地的兒女，宇宙的一部分。我想提醒大家，河流、海洋、浮雲與暴風雨，誠如文人的詩句和夜裡的夢境，都是我們內心的寄託與象徵。這些渴望的存在不容置疑，將展翅於天地之間，朝向不朽飛奔而去。每個生命都確實擁有這些權利，大家都是上帝的孩子，可以毫無畏懼地依偎在永恆的懷裡。而那些邪惡、病態與墮落的意念，皆與此相悖，都相信死亡與毀滅。

我還想教導人們，從對大自然的愛戀中，尋找快樂的泉源與生命的動力。我鼓吹深度觀察、徒步旅遊、享受藝術以及活在當下。我意圖以充滿吸引力的語言，讓青山、海洋與綠色的島嶼和你們對話，迫使你們去探看，在屋舍與城市之外，還有繽紛燦爛的生命日日綻放著花朵，永不休止。我要你們慚愧自己熟悉國外的戰爭、時尚、八卦、文學和藝術，卻對城外奔放的春天、橋下的潺潺河流，以及火車穿越廣大森林與草原所知有限。我想要告訴你們，我這個憂鬱孤獨的人，在這個世界找到了何等珍貴、難忘的樂趣；更希望也許比我更幸福的各位，能夠發現世界更多的美。

我尤其想要將愛深植你們心中，希望教導你們與萬物締結手足之情，心中充滿愛意，不再畏懼痛苦與死亡，而能誠摯地像兄弟姊妹般迎接它們的到來。

我不希望以高調的頌歌或詩傳達這些想法，只許簡單、真切，並具體地呈現一切，就像一個出遊歸來的旅人，亦莊亦諧地向友人描述外面的世界。

或許用我意圖——我期望——我希冀這些字眼有些怪異，但我仍然等待著，這些希望有一天能變成具體計畫與擁有清晰輪廓。至少我收集了許多資料，不只在腦裡，也記錄在旅行時隨身攜帶的小筆記本裡。每幾個禮拜就會寫滿一本。我簡短扼要地記下所見所聞，不添加感觸或聯想。就像畫家的素描本一樣，僅以短文記錄實物。鄉間小路與巷弄的細節，山巒與城市的剪影，無意間聽得的農人、工匠或市場上婦人間的談話，前人預測天氣的諺語，光線、風雨、岩石、植物、動物，鳥兒的飛翔，波浪與海水的色澤變化以及雲彩形狀的速寫。我偶爾會從中取材，編寫短篇故事，不過全然無關於人的連結，僅以自然研究和旅遊見聞之名出版。我覺得一棵樹的故事、某種動物的生活或者一朵雲彩的飄遊，即使沒有人類點綴其中，一樣有趣。

當然，我也經常想到，沒有人類出現的長篇故事，恐怕非偉大的著作。因此，雖然是多年堅持的理想，但還是默默盼望著，或許有一天靈光一現，突破這個不可能的限制。如今我終於認清了，我必須安插人物角色在美麗的風景「畫」中。只是我沒有能力真實地捕捉到人類的意象，我必須趕緊彌補不足，這份功課至今仍持續進行著。過去，我將人類視為陌生的群體，近來我學習不以抽象的目光解讀個人，這個轉變很值得，我的筆記本和記憶滿載了全新的感想。

這項研究令人欣喜。我踏出幼稚的冷漠心防，對各式各樣的人產生興趣。我發現，人們視為理所當然的事物，對我而言卻很新奇，而以往的旅遊和見聞也開拓了我的視野，增強了觀察力。我一向很喜歡小孩子，所以特別喜歡和他們在一起。

觀察雲彩和波浪的變化是比研究人類有趣。我很訝異，人類和其他自然萬物的區別，主要在於他們以謊言為外表裹了一層保護。我不久就從熟人身上觀察到這個現象。由於沒有人識得自己真正的內在，所以每個人都不得不幻想一個角色來扮演。我自己也有同樣的情形，實在難堪，有時想就此放棄繼續探索人類。況且，對大部分人來說，這層保護膜極端重要。

四處都可發現它，甚至小孩身上也是。無論有意無意，這些孩子寧可模仿某個角色，也不願意憑直覺地袒裎自己。

好一段時間，我發覺自己不再有任何進步，只是一味迷失在瑣碎裡。起先我把缺失歸咎於自己，不久即認清心中的失望，是因為從身邊的社交圈中，我無法覓得要找的人。我需要的不是有趣的人物，而是一種典型。那些學院派的朋友和社交名流無法滿足我的需求。我想起了義大利，想起過去旅行中結識的朋友與夥伴，那群工匠們。我和他們一起走過許多路，在他們中間發現了許多出色的人物。

到故鄉的青年旅館和一些小旅館尋找，也是徒勞無功，因為短暫停留的遊客對我並無意義。有一陣子我又再度徬徨不已，便和孩子們鬼混，並經常流連於酒館。那兒當然也沒什麼可取。我一連幾個星期很不愉快，對自己產生懷疑，覺得自己的願望和期許誇張地可笑。於是經常在郊外閒盪，同時又開始喝得爛醉。

那時候，書桌上又堆積了好幾捆想保留、不想賣給舊書攤的書。但是我的書櫃已經不敷使用了。為了徹底解決問題，我遂請了一間木工廠的師傅來家裡丈量尺寸，幫我訂製一個書櫃。

他的身材矮小，動作謹慎。他跪在地板上，將量尺延伸到天花板，以丈量房間大小，身上帶著股膠水味。他仔細丈量後，接著記在筆記本裡。期間一個不小心撞到了堆滿書本的椅子，有幾本書掉了下來，他彎腰撿起。其中有一本是收錄各類工匠用語的袖珍辭典。幾乎所有的德國工會旅館裡，都會看到這本編排精美的小書。

工匠看到這本熟悉的書，半喜半疑地朝我投來一個好奇的眼光。

「怎麼了？」我問道。

「喔，抱歉！我是看到了一本我也認識的書。您真的研究過這書嗎？」

「我都是在街上學習各行業的術語，」我回答道：「不過偶爾會想在辭典裡查個詞彙。」

「真的啊！」他叫道：「那您曾親自遊歷學手藝嗎？」

「不盡然。不過徒步旅行倒是真的，曾在一些小旅館過夜。」

他把書放好後，準備離開。

「您以前到過哪些地方學藝？」我問他。

「從這兒到科布倫茲（Koblenz），後來又往南到日內瓦。那段日子還不算糟。」

「您也曾在拘留所搭過伙吧？」

「只有一次，在杜爾拉赫。」

「您可以再多說一些嗎，當然如果您也願意的話。我們找一天一起喝酒好不好？」

「現在恐怕不行，先生。不過下工後，如果您願意到我那兒去聊聊，我很樂意。只要您別灌我酒就好。」

幾天後，伊莉莎白家宴客。我人走到半路，卻突然停下腳來，考慮著，自己是否更該去拜訪那位木匠師傅。於是我轉身回家，換下禮服外套，便上木匠那兒去了。他的工場已經關門，裡面一片漆黑。我跌跌撞撞穿過陰暗的走廊和中庭，在後棟樓房中爬了又爬，終於在一扇門上看到寫著師傅姓名的牌子。一進屋子，先是來到一個狹小的廚房，有位瘦小的婦人正一面準備晚餐，一面看顧著三個小孩，裡頭生氣盎然，嬉鬧聲不斷。婦人有些吃驚地領我到隔壁房間，木匠師傅正拿著報紙倚在暮色四合的窗邊。由於光線不足，他差點誤以為我是哪個冒失的客戶，口中叨叨唸著，後來認出是我，趕緊趨前和我握手。

我的突然造訪，令他有點不知所措，顯得很尷尬，我轉身向孩子們，怎知他們一溜煙都跑回廚房了。於是我也跟著他們進去。看著木匠太太煮米飯的樣子，令我想起在溫布利亞的房東太太。我立刻插手幫忙。在我們家，這樣子可會把米煮得黏糊糊的，味道盡失。眼看歷史就要重演，我遂接過鍋子和湯杓，煮將起來，及時搶救了那鍋飯。婦人訝異地聽我差使，總算讓飯還像個樣地端上桌。點燃了燈，我也和他們一起吃飯。

木匠太太整個晚上都拉著我討論作菜的細節，以致於她先生幾乎沒有插嘴的餘地，他的流浪歷險記被迫改到下一次再說。這一家人很快就覺察到，我只是外表上像個紳士，實際上是個貧窮的農家子弟。第一個晚上我們相處得頗為融洽。一如他們知道我與他們出身相同，我也在這個貧寒的小家庭中，感覺到家鄉一般的生活氣氛。他們無暇講究優雅、故作姿態與扭捏客套，對他們來說，比起受過教育或所謂的高級娛樂，艱困的生活已經很珍貴美好，不需要多說些什麼。

我去木匠家愈來愈頻繁，不僅將膚淺的社交瑣事拋到腦後，也忘了自己原先的那些鬱悶與困境。感覺上，好像找到了一段失落的童年，一段因為神父們將我送去學校唸書而中斷的生活。

木匠和我就著一張破舊泛黃的老地圖，各自追溯過往的旅程。每次碰到兩人都熟識的城鎮和巷弄，就雀躍不已。我們一起重溫工匠的笑話，甚至還唱了幾首不朽的民謠。我們聊著手工業者的憂慮，還有關於家庭、孩子以及市政的問題。不知不覺中我們交換了彼此的角色，我成了感激的受惠者，而他成了教導我的施予者。我慶幸自己活在現實的懷抱，而非虛華的沙龍氛圍。

孩子裡有個柔弱的五歲小女孩，特別引起我的注意。她叫艾格妮絲，不過大家都稱她艾姬。髮色金黃、臉色蒼白且身材瘦削，有著羞怯的大眼精，個性溫馴靦腆。有個星期天，我到他們家想邀大家一起散步。艾姬生病了，她母親留在家裡照顧她，我們其他人自行散步到城裡去。我們坐在聖瑪格列特教堂的長椅上休憩。孩子們跑去撿石頭、摘花和捉瓢蟲，兩個大人則眺望著夏日草原、賓寧墓園和湛藍的優拉山脈。木匠顯得疲憊安靜，似乎愁腸滿腹。

「師傅，您怎麼了？」我待孩子們走遠了後，問道。

他憂傷地看著我的臉。

「您沒看到嗎？」他開口說道：「艾姬快死了。這我很早就知道了，很意外她能活到這個年紀，因為死亡一直威脅著她。不過現在我們必須相信了。」

我於是安慰著他，不久就接不上話了。

「您瞧。」他悲傷地笑道：「您也不相信那孩子會度過這次難關。您知道，我不是個虔誠的教徒，久久才上一次教堂，不過，我感覺得到，上帝現在想跟我說些什麼。可是，她還是個孩子啊！雖然身體一直都不好，但是上帝知道，我愛她勝過其他的孩子呀！」

孩子們快樂地哼著歌，不時帶著小疑問向我們跑來。他們簇擁著我，讓我告訴他們那些花花草草的名稱，最後還要我說故事給他們聽。於是我告訴他們，每朵花兒、每棵樹木和每叢灌木，都像每個孩子一樣，有靈性，同時有個守護天使。作父親的也微笑聆聽著，偶爾表示認同。青山更藍了，黃昏的鐘聲響起，我們便踏上歸程。草原上瀰漫著黃昏的光輝，遠處教堂的尖塔聳立在溫暖的空氣中，顯得渺小纖細，天色漸轉為美麗的金綠，樹木也拉長了影子。孩子們玩累了，變得很安靜。他們腦中想像著罌粟花、石竹和風鈴草的天使，兩個大人則心繫小艾姬，她的靈魂已經準備領受翅膀，遠遠離開我們這不安的一群。

接下來的兩個星期裡，一切似乎很順利。小女孩已逐漸康復，能夠下床幾個小時，躺在涼枕上的模樣，也比以往漂亮快樂得多。後來，接連幾個夜晚她卻發燒不止。我們不再多說什麼，因為心裡有數，這個孩子在我們身邊，僅剩幾個星期，甚或幾天了。她的父親僅僅提過此事一次，那是在他的工場裡。我看到他在木板堆裡翻來翻去，遂明白他正在挑選做棺木的材料。

「應該是最近的事了。」他說道：「我寧可下工後自己製一個。」

我坐在刨木台上，看著他在另一邊工作。木板刨亮後，他很驕傲地拿給我看。那是塊漂亮得幾近完美的上等冷杉木。

「這個棺木不用上釘的，我要用卯榫接合，這樣才牢靠耐久。今天做到這兒就好了。我們上去吧。」

炙熱、美好的仲夏，就這樣一天天過去。我每天都陪在小艾姬的身旁一、兩個小時，跟她描述草原和森林的美，將她瘦弱的小手握在手裡，全心沉浸在她散發的甜美、優雅的氣息中，直到最後。

末了，我們哀傷地站在她的身旁，眼看著她憔悴瘦弱的身軀用盡氣力和死神奮戰。但死神很快地就制伏了她。她的母親顯得堅強，父親則撲倒在床上，撫摸愛女那一頭金髮、親吻著她，不停道別。

喪禮簡單隆重。接下來幾個抑鬱的夜晚，孩子們都躲在隔壁床上哭泣。我們偶爾會一起去墓園裡散步，在新墓上種花，沉默不語地坐在陰涼處，回憶艾姬的身影。不同於往日的眼光，我們凝視那塊埋葬了摯愛人兒的土地，看著墳上的樹木草坪，還有自在地在寧靜墓園裡飛舞歌唱的鳥兒。

為了生活，辛勞的工作還得繼續，孩子們也開始唱歌、玩耍嬉鬧，吵著要聽故事。大家不知不覺已習慣了艾姬的永別，以及天上多了個小天使。

我因而沒再去那位教授家的聚會，伊莉莎白家也只去了幾次。平淡的交談令我感到沉悶、不知所措。後來再次上門，卻發現他們都不在家，早就去鄉下避暑了。我這才注意到，因為和木匠家的往來，以及心繫艾姬的病情，我完全遺忘了炎熱的季節與度假的事。以前要我七、八月間還待在城裡，根本不可能。

我於是暫別了木匠家，徒步朝黑森林、避暑山街道和歐得恩森林的方向出發。旅途中，行經美麗小鎮，我寄了風景明信片給木匠家的孩子，想像著要如何敘述旅行中的見聞給他們聽，這樣的感覺很特別、很愉快。

在法蘭克福時，我決定要再多待幾天，便前往阿夏芬堡、紐倫堡、慕尼黑和烏爾姆

（Ulm），欣賞古老的藝術品，最後在蘇黎世作了短暫的停留。過去幾年，我像避開墓園地迴避這個城市，如今，我又穿梭在熟悉的街道，造訪舊日的酒館和庭園，毫無憂傷地回憶往日的美好時光。女畫家阿格莉葉蒂已經結婚了，有人給了我她的地址。我在黃昏前往，讀著門牌上她先生的姓氏，仰頭望了望窗子，猶豫著要不要進去。當下，回憶又清晰地浮現眼前，沉睡中的青春情愫輾轉甦醒，微微刺痛著心。於是我轉身回頭，沒讓不必要的重逢，破壞愛戀的女孩在我心中的美麗影像。我繼續漫步到當年舉辦夏日派對的湖邊花園，也去看了那個我曾在其閣樓度過三年的小屋。隨著所有的回憶，伊莉莎白這個名字意外地蹦到我的嘴邊。這份新的愛戀畢竟比先前的來得刻骨銘心，同時也較平靜、沉穩、值得。

為了保有好的心情，我租了船，慢慢划向溫暖清澈的湖心。已近傍晚的天邊，懸著一朵美麗雪白的浮雲。我凝視著它，向它點頭示意。回想起兒時的浮雲之戀，想起伊莉莎白，還有塞岡第尼的那幅雲彩畫作。我曾看到伊莉莎白為它著迷的倩影。這段未被言語和鄙俗的慾望汙染的愛戀，讓我的心彷彿滌淨一般，感到前所未有的幸福。凝視雲朵，我滿懷平靜與感激地回溯生命中的一切，不再迷惑與激動，連同潛藏的青春渴盼也一起變得成熟、平靜了。

我向來喜歡隨著船槳拍打水面的節奏哼唱。此刻我也低聲唱起歌。唱著唱著才意識到那是成篇的詩句，回家後便憑記憶把它寫下來，以紀念在蘇黎世湖上度過的美麗夜晚：

宛若一片雲，
高高懸天際，
潔麗不可及，
吾愛伊莉莎。
浮雲來又去，
未及讚嘆之，
然卻入夢來，
悠遊暗夜中。

飄然銀光耀，
緩緩遠離行，
白雲心渴慕，
甜蜜思鄉情。

回到巴塞爾，收到一封從阿西西寄來的信。那是娜爾蒂妮太太捎來的喜訊。她終究找到第二任丈夫了！我想，還是將原文抄寫如下：

「親愛可敬的培德先生：

請允許您忠誠的朋友冒昧寫信給您。蒙主恩寵，賜予莫大的幸福。我想邀請您於十月十二日前來參加我的婚禮。他叫梅諾提，雖然沒什麼錢，但是很愛我，而且曾做過水果買賣。人長得很帥，不過不如培德先生您高大俊美。他將會去市場做生意，我則留在家裡顧店。隔壁美麗的瑪莉葉塔也要結婚了，不過是和一個外地來的水泥工。

我每天都會想起您，而且和許多人提起您。我很喜歡您，還有方濟聖者。為了思念您，我曾點了四根蠟燭獻給聖方濟。若您能來參加婚禮，梅諾提會很高興。他膽敢對您不敬，我一定會教訓他。不幸的是，馬提歐．斯比聶里，如我一再稱說的，是個壞蛋。他時常偷我的檸檬，現在因為偷了他父親，那個麵包師傅，十二里拉，而且毒死了乞丐吉安吉亞可莫的狗，被帶走了。

祝您永蒙天主和聖方濟的恩寵。企盼與您相見。

您恭敬而忠誠的朋友

愛倫琪安塔．娜爾蒂妮

又：

我們的收成馬馬虎虎。葡萄的收穫很差，梨子也不好。不過檸檬非常多，只得賤價賣出。斯佩洛城（Spello）發生了一件不幸的事。有個年輕人用鋤頭打死了他的兄弟。沒人知道為什麼。不過他一定是嫉妒吧，雖然他們是兄弟。」

很可惜我無法出席這份誘人的邀請。我寫了一封祝福的信，並承諾來年春天去拜訪他們。然後，我帶著信和在紐倫堡為孩子們買的禮物，去拜訪木匠全家。

到了那兒，我發現有了個出乎意料的變化。靠窗的桌邊，有個畸形的身軀蜷坐在一張椅子中間，椅子圍著護欄，像嬰兒的座椅一樣。那是波比，木匠太太的弟弟，一個可憐的身障者，半身不遂。不久前母親過世，找不到安置的地方，木匠只好暫時收留了他，儘管出於不願。一個病患的出現，就像一場揮之不去的夢魘，沉重壓抑著這個受擾的家庭。大家都還在適應他的存在，孩子們感到害怕，母親充滿同情、為難與沮喪，父親則顯然甚為不悅。

波比沒有脖子，雞胸又駝背的他有著一顆大頭，額頭很寬、鼻子堅挺、嘴形漂亮地下彎。他明亮的眼睛平靜，又有些畏懼，纖細蒼白的雙手總是靜靜地擺在胸前。這位不幸的闖入著，也令我窘迫不安。木匠講述他時，他也坐在一旁，盯著自己的雙手，卻沒人和他說話。這景象令我很難過。他天生身障，仍完成了小學教育，接二連三的痛風發作、使他半身不遂前，他還能靠著編草織品賺取微薄的家用。多年來他不是躺在床上，就是藉著靠墊的支撐，坐在那張特製的椅子上。木匠太太提起弟弟以前常常會哼些好聽的歌曲，不過已經很久沒聽到了，來這裡後都還沒開口唱過。大家談論這些事情，他靜靜坐在那兒，眼神呆滯地凝視著前方。整個氣氛壓得我喘不過氣來，於是我很快告辭。接下來幾天都沒再上那兒去。

我一輩子健康強壯，從來沒生過什麼重病。面對病痛者，尤其是身障者，雖然憐憫，卻也不乏優越感。所以一點也不喜歡現在這樣，這位可憐的傢伙，讓我和木匠家共度的快樂時光蒙上一層陰鬱。因此，我日復一日延宕造訪的日子，甚至絞盡腦汁思索該如何送走身障的波比，只是毫無斬獲。應該有什麼辦法，用最少的花費將他安置在醫院或療養院吧。我好幾次想找木匠商討這件事，但又覺得這樣自作主張不太妥當，因而裹足不前。面對這位病人，我還有著一種幼稚的恐懼感，要我一再看到他，和他握手，我會覺得噁心。

就這樣，我任憑一個星期天流逝。到了第二個星期天，原本準備搭早班火車，溜到優拉山去，後來終究對自己的膽小感到羞恥，於是就留在家裡，吃過飯後，便上木匠家去。

我勉為其難地和波比握了手。木匠的心情不佳，提議一道去散步。他說他受夠了這沒完沒了的愁悶。而我則天真地認為木匠現在一定聽得進我的建議。他太太原想留在家裡，不過波比要她和我們一起去，說自己一個人在家沒關係。他只要有本書和一杯水，就可以放心關在家裡。

我們這群自認好心腸的人，遂將他鎖在家裡，自行散步去了！倘佯在秋天金黃的陽光下，和孩子們嬉鬧，大家都很愉快。沒有人為病人單獨留在家裡感到慚愧，或者擔憂！相反地，我們樂於暫時將他拋到腦後，帶著輕鬆的心情，呼吸清新而暖和的空氣。儼然心懷感恩的純樸家庭，盡情享受安息日的時光。

圍坐在格瑞恩查赫——賀恩力山上的一家露天餐館時，木匠才提到波比。他嘆著氣，抱怨這位訪客是沉重的負擔，不僅佔去家裡的空間，還增加了支出。最後他笑道：「不過還好，我們至少能在外面快活個把鐘頭，不受他干擾。」

這些脫口而出的話，使我眼前驀然浮現那個可憐的身影，受苦哀告，卻沒人愛也沒人要，目下正孤獨地被關在昏暗的房裡。天就快黑了，他肯定無法自己點燈或移坐到窗邊。當我們在這兒愉快地喝酒、談笑時，他放下書本，也只能獨坐在朦朧的黑暗裡，沒人聊天，也沒有消磨時間的娛樂。我突然記起，自己當初如何向阿西西的鄰居們，講述聖方濟的生平，誇耀聖者教導自己要去愛所有的人。而今我明明知道有個無助的人正在受苦，卻任其受罪，不給慰藉。我究竟為了什麼研讀聖者的生平事蹟？為了什麼背誦他讚頌愛的詩篇，還想到溫布利亞山區追隨他的腳步呢？

一隻無形的巨大手掌，重壓在我的心房，我滿懷羞愧與痛苦，以致顫抖、昏眩。我知道，上帝要和我說話。

「你這個詩人，」祂說道：「溫布利亞的門徒，宣稱要教導人類愛的真諦、令其幸福美滿的先知！你這個號稱能從風聲與潺潺流水聲中，聽見旨意的幻想者！你喜愛這一個家庭，他們待你很好，你也在那兒度過許多美好的時光！然而，在我降臨的同一天，你卻逃之夭天，甚至企圖把我趕走！這就是你所謂的聖徒、先知、詩人！」

當下，我宛如站在一面誠實的明鏡前，看到自己是個騙子，是個吹牛、膽怯、背信的傢伙。這著實令我痛苦不堪，然而，此刻已受盡折磨而傷痕累累的心魔，卻又頑強地反抗，是該被粉碎驅逐。

我猛然起身告退，任憑杯中尚有餘酒未盡、吃了一半的麵包擱置桌上，迅速衝回城裡。激動之餘，恐懼波比可能發生意外，也難以承受。我幻想發生火災，無助的波比從椅子上跌下，正躺在地上呻吟，或者已奄奄一息。想他躺在那兒，面對我的來到，投以責難的眼神。

我上氣不接下氣地跑回城裡，衝到木匠家，然後往樓上狂奔，此時才想到，門是鎖著的，而我沒有鑰匙。不過，我的擔憂馬上平息了，因為還沒走到廚房門前，就聽到裡面傳來唱歌的聲音。多麼奇妙的一刻。我的心怦怦跳著，幾乎喘不過氣來。站在漆黑的階梯上，我聆聽著波比的歌聲，心慢慢靜了下來。他輕柔地唱著民間流行的情歌〈潔白與鮮紅的小花〉，歌聲中帶著一絲哀怨。我知道，他已經很久沒唱歌了，此刻聽見他趁大家不在哼唱，以自己的方式尋求些許快樂，深深感動了我。

事情往往這樣——生命喜歡在嚴肅和激動的當兒，添加滑稽的成分。我馬上覺察到自己的可笑與羞愧。情急之下，我穿越原野跑了個把鐘頭的路，卻因為沒有鑰匙而站在廚房門外。這會兒，我要不就再掉頭離開，否則就得隔著兩道深鎖的門，向裡頭的波比喊叫，說明我的一番心意。我站在階梯上，打算要安慰這個可憐人，表達我的同情，並和他一起消磨無聊的時光。然而，他坐在裡面唱歌，全然不知我在外面，萬一我大叫或敲門，肯定嚇他一大跳。

我只好轉身離開，穿梭在週日熱鬧的巷弄裡，來回走了約一個鐘頭。後來發現木匠一家已經回來了，我也跟著進門。這一次我毫不遲疑地和波比握手，坐在他旁邊，和他聊天，問他看了什麼書。我向他推薦傑瑞米亞斯．高特賀爾夫時，發現他對這位作家的作品都很熟。不過他並不認識高特弗瑞德．凱勒，我答應借他一些凱勒的書。

隔天我拿書去時，木匠太太正巧要出門，而她先生則在工場裡，所以我有了和波比獨處的機會。我趁機向他坦承前一天將他獨自留在家裡，自己感到很慚愧，並告訴他，很樂於偶爾和他坐坐，交個朋友。

波比將他的大頭微微轉向我，看著我說：「謝謝。」只有這樣。不過這個動作費了他很大的勁，所以和健康者的十個擁抱一樣珍貴。還有，他的眼神如此明亮而無邪，我不禁臉紅了起來。

接下來比較困難的，就是如何和木匠談論此事。我以為最好是直接向他坦承自己日前的恐懼與慚愧。可惜他無法理解，不過願意和我商量，最後也接受了我的建議，把病人當成我們共同的客人留在家裡，我們一起分攤他微薄的開銷。另外我也獲得允許，可以隨時去看他，將他視為自己的兄弟。

那年秋天，暖和美麗的天氣比往日來得長。因此，我首先為波比做的，就是幫他張羅一輛輪椅，每天在孩子們的陪伴下，推他到戶外走走。

8

回顧一生，我從朋友那兒得到的，總是比我付出的還要多。諸如李亞特、伊莉莎白、娜爾蒂妮太太，以及木匠即是如此。成年後的我，擁有足夠的自信，卻折服於一位可憐的佝僂者，成為感激他的學生。如果有一天，我能完成並且出版那本著手多時的書，那麼書中精采的部分，都拜波比所賜。那是一段愉快的時光，將是我這輩子最豐富也最難忘的回憶。我得以深刻地看清楚，病痛、孤寂、貧窮與受虐，對一個堅強的靈魂來說，猶如過眼雲煙，沒有留下任何痕跡。

憤怒、浮躁、懷疑、謊言這些負面因素，一再破壞、糟蹋美麗而短暫的生命，這些醜化人心、可惡且汙穢的腫瘤，卻早已在這個人身上，被長久而徹骨的苦痛消毒得一乾二淨了。他不是一位智者，也不是天使，他只是一個充滿諒解與懂得奉獻的凡人。由於飽經苦痛以及貧困，他學到了即使虛弱也不覺得羞恥，將一切的命運交由上帝來決定。

有一次我問他，如何忍受病痛不時的折磨，以及接受自己無力的身軀。

「很簡單啊！」他笑著說道：「就當作是我和疾病之間的一場持久戰。有時我贏，有時它贏，就這樣持續糾纏。偶爾會暫時休兵，彼此按兵不動、伺機以待，直到其中一方開始蠢蠢欲動，便重新展開一場角力。」

我一向自認眼光獨到，是個優秀觀察家。不過波比在這方面顯然是令我欽佩的導師。他對大自然生態，特別是動物，有極大的興趣，所以我經常帶他去動物園走走。我們在那裡度過許多時光，不多久，波比便認得所有動物；而且，因為我們總是隨身帶著麵包和糖，有些動物也都認識了我們，於是我們在那兒結交了不少朋友。我們特別喜歡一隻馬來貘，與同類大異其趣的是，牠很乾淨。我們覺得牠高傲、愚蠢、不友善、不知感恩，而且貪吃。其他動物，尤其是大象、鹿和羚羊，甚至粗魯的美洲野牛，接到糖，都會表示謝意，不是投以親熱的眼神，就是願意讓我撫摸。但是那隻馬來貘卻一點表示也沒有。只要我們一靠近，他就會馬上出現在柵欄旁，慢慢把我們餵食的東西吃得一乾二淨，只要沒有東西可吃了，立即悶聲不吭地走開，顯得傲慢、有個性。由於牠既不乞討，也不稱謝，而是像收取貢品般，一副施捨地吃著我們餵的食物，所以我們戲稱牠是關稅員。波比通常無法親自餵食這些動物，所以我們偶爾會爭論那隻馬來貘是否吃飽了，或者還要再給牠一塊。我們會客觀地評估，詳細的測試，彷彿攸關什麼國家大事。有一次離開後，波比認為我們應該再給牠一顆糖，於是又走了回去。但那隻已躺在乾草堆上的馬來貘，卻高傲地瞇著眼朝我們看了一下，並沒有過來的意願。「對不起，親愛的關稅員先生，」波比對牠喊道：「我想，我們少給了您一顆糖。」然後我們又繼續往大象走去。牠早就已經在那兒搖搖擺擺地走動，充滿期待地等著我們了。一看到我們，便將牠溫暖又靈活的長鼻子伸過來。波比可以自己餵大象，他總是洋溢著童稚般的歡愉，興奮地看著這龐然大物伸出滑溜的長鼻子，從他手中拿走麵包，一邊還用可愛的小眼睛溫柔地對我們眨眼睛。

我和動物園裡的一個守衛達成協議，我沒空陪波比時，還是可以把坐在輪椅上的波比留在那兒，讓他自己曬曬太陽、看看動物。這種情況時，波比後來都會跟我敘述當天看到了什麼。最令他印象深刻的，是公獅子對待母獅子的體貼。只要母獅子一趴下來休息，公獅子就會在身旁來回走動，不會打擾或觸碰牠，也不會走開。最令他覺得有趣的則是水獺。即使自己只能坐在輪椅上動彈不得，而且每一個動作對他來說都很費力，波比仍然樂此不疲，喜歡觀看這隻動物身手矯捷地表演精采的游泳，和水中韻律操。

我向波比敘述我那兩段戀情，是那年秋天無數的美好之一。既然已是無話不談的好友，我就不再隱瞞自己既不愉快也不光彩的經歷。波比認真地聽著，沒有表示任何看法。後來他坦承想看看伊莉莎白──那個白雲似的女孩，還拜託我，哪天要是在路上不期而遇，一定要記得提醒。

由於這樣的巧合從不發生，而且天氣開始變冷了，所以我去拜訪伊莉莎白，請她能讓可憐的波比高興一下。她親切地答應了。有一天，我接伊莉莎白一起到動物園去，波比坐在輪椅上已經等在那兒了。望著這位美麗且優雅的女士，彎下身和波比握手，還有波比因為高興顯得容光煥發，感激且近乎溫柔地凝視著這位女士，我簡直無法判斷此刻誰才是最美、最令我心動。女士親切地和波比說話，他熾熱的目光始終沒有離開她。我站在一旁，好奇地觀看這兩位我最珍愛的朋友，原本生活隔著鴻溝的彼此，卻在我面前相互握住對方的手。那整個下午，波比的話題都圍繞著伊莉莎白，稱讚她的美麗、她的優雅、她的善良、她的穿著、她的黃色手套以及綠色鞋子，還有她的姿態與眼神、她的聲音以及好看的帽子。然而，看著我所愛慕的人，向我的至交施捨她的親切，還是教我覺得難受和奇怪。

這段時間裡，波比已經讀完凱勒的《綠色的海因里希》和《塞爾德維拉的人們》，而且對於書中的世界瞭若指掌。因此我們有了愛嘟嘴的潘克拉茲、阿爾貝圖斯・茲維罕以及正義的製梳師傅這幾位共同的朋友。我一度猶豫著該不該給他看看康拉德・斐迪南・邁耶[19]的書，不過他應該不會喜歡拉丁文式簡潔的措辭風格。而且讓樂天安詳的他接觸那些墮落情節，我也有所疑慮，所以後來改告訴他關淤聖方濟的故事，給他看莫里克[20]的小說。波比告訴我，若非他經常站在水獺池邊觀看，醉心於五彩的水中幻象，他可能就無法瞭解《美麗的水精靈》這個故事的內容。

我倆開始用平輩的「你」稱呼對方，過程很有趣。我從未建議用「你」，而他肯定也不會接受。但是我們自然而然地就稱兄道弟起來，意識到這點時，兩個人都忍不住笑了起來，便繼續這樣的稱呼下去。

冬季的寒風吹起，我們無法外出，我於是又整晚待在波比的姊夫家。我這才後知後覺，這段新友誼付出了代價，木匠變得悶悶不樂，有些排斥，而且沉默寡言。長此以來，不僅那個一無用處、徒增負擔的身影，就連我和波比之間的關係，都惱怒了他。有時整個晚上我都愉快地和波比聊天，木匠則不悅地拿著報紙坐在一旁。就連他那位一向有耐心的妻子也令他不爽，因為她這次堅持不讓他送波比到其他地方。好幾次我嘗試著安撫他，希望他能夠平和下來，或者提供他一些新的意見，但是他都不理，尖酸刻薄起來，挖苦我和波比的交情，令波比度日如年。當然啦，我每天都去找波比，兩個加起來，對原本就拮据的家庭來說，是一

---

19 康拉德．斐迪南．邁耶（Conrad Ferdinand Meyer, 1825-1898），瑞士作家，文字洗鍊簡潔，大部分作品都以文藝復興時期為背景。著有《聖者》（Der Heilige, 1880）、《僧侶的婚禮》（Die Hochzeit des Mönchs, 1884）等作品。

20 莫里克（Eduard Mörik, 1804-1875），德國詩人。詩風與歌德類似，不過頗具個人特色，內斂、柔和，有時帶點憂傷的色彩。著有《詩集》（Gedichte,1838）、《到布拉格旅行的莫札特》（Mozart auf der Reise nach Prag）、《斯圖佳特的侏儒家神》（Das Stuttgarter Hutzelmännlein, 1853，內含「美麗水精靈的故事」（Die Historie von der schönen Lau））等作品。

個沉重的負擔。但是我還是希望木匠能夠和我們一樣喜歡波比。最後我發現，不管我怎麼做，不是傷害到木匠，就是會讓波比委屈。我是個不喜歡草率做決定的人，早在蘇黎世的時候，李亞特就封我是「優柔寡斷的培德」了。所以我猶豫了好幾個星期，深怕就此失去其中一位的友誼，甚或二者皆失。

這種混沌的情況不斷增加我的不安，於是我再度常往酒館裡跑。有個晚上，我又為這整樁煩心的事感到憤慨，遂跑去一間瓦特藍小酒館，灌了好幾公升的酒，想要借酒澆愁。那是兩年來首度又得費力挺直腰桿走回家。一如往常，隔天我的心情輕鬆愉快，便鼓起勇氣去找木匠，想要了結這場鬧劇。我向他提議，把波比完全交給我照顧。木匠當下似乎不反對，經過幾天思考後，也真的答應了。

不久，我就和可憐的友人一起搬進新租的公寓。我彷彿有種新婚的感覺，因為眼前展開的，是一個要認真照料的家，不能再過隨興的單身生活了。一開始，生手理家難免有些狀況，不過大致上還過得去。有個女孩會來幫我們整理家務和洗衣，吃飯就叫外送。我們對這樣的兩人生活都感到溫暖舒適。未來也許必須放棄大大小小、自由自在的徒步旅遊，我暫時並不擔心。有朋友靜靜坐在身邊，甚至令我感到安心，增加了工作效益。照顧病人的事對我來說很陌生，並不怎麼令人歡喜，特別是幫他穿脫衣服。但是波比總是非常有耐心，而且充滿感激，我不禁感到慚愧，更費心仔細照顧他。

我不太上教授那兒去了，卻常去伊莉莎白家。儘管曾經滄桑，她家對我來說一直有種魔力。我坐在那兒喝著茶或酒，看著伊莉莎白扮演女主人，雖然我不斷以嘲諷壓抑自己發生少年維特的煩惱，但偶爾還是陷入多愁善感的情懷。不過那種懦弱、自私的青春之愛，早已消逝無蹤。微妙而親暱的對立關係，才適合我們之間的交往。我們很少碰在一塊兒不鬥嘴的，只是彼此都很友善。這位聰明的女子，機靈又有點任性的理智，非常契合我那既癡情又粗獷的個性。由於我們都彼此敬重，所以就連芝麻小事，也能辯得津津有味。最有趣的，是我竟然向這個不久前還拚死想要娶回家的女子，辯護起獨身主義的好處。我甚至還拿她先生嘲笑她。她先生其實是個不錯的人，一直很得意擁有這麼一個聰明的妻子。

這份舊愛仍在我心深處燃燒著，只是不像以往的熊熊火焰，更像是不滅的餘燼，讓我的心常保年輕，並且讓我這個無藥可救的單身漢，能在寒冷的冬夜偶爾藉以溫暖雙手。自從波比成為我的摯友，真心不渝地對待我，我因此可以安心地將舊愛當成青春與詩歌的片段保留在心中。再者，伊莉莎白三不五時顯露的女性苛刻，也會讓我偶爾冷靜下來，對自己的單身身分感到慶幸。

但自從和可憐的波比住在一起後，我就越來越少去伊莉莎白家了。我和波比一起看書、翻閱旅遊時拍攝的照片和日記，玩著多米諾骨牌遊戲。為了增添生活樂趣，我們還養了一隻長毛狗，一起觀察窗外初冬的景象，聊著一堆有的沒的話題。這個病人有他自己一套不錯的世界觀，能健康的以幽默客觀地觀察生命，我從他身上學到不少東西。待大雪紛飛、窗外一片美麗的冬天氣息時，我倆就像小孩般興奮地窩在暖爐邊，享受舒適溫暖的家庭生活。我過去花費多時、踏遍每個角落，無法習得的觀人術，此刻就能順便練習。波比是個安靜而敏銳的觀察者，腦海裡充滿過去生活環境的種種畫面，話匣子一打開，就能滔滔不絕許多有趣的故事。波比一生中認識不到三打的朋友，也從未經歷什麼大風大浪，但是他對生命的認知比我多太多了，即使極其微渺的地方，他也會注意到，並且慣於從每個人身上找尋他們的經驗、歡喜與知識的來源。

我們最喜歡的娛樂還是徜徉在動物世界裡。由於不能再去動物園參觀，我們便編織許多有關動物的各種故事和寓言。大部分都不是以敘述的方式構成，而是由即興的對話形式。例如兩隻鸚鵡間的真情告白、美洲野牛的家族風暴、一群野豬的深夜漫談。

「鼬鼠先生，您好嗎？」

「謝謝你，狐狸先生，還過得去啦。您知道的，我被抓的時候，失去了我親愛的妻子。很榮幸地我曾告訴過您，她叫蓬蓬尾。是個珍珠寶貝，我可以跟您保證，她是個……」

「哎呀，鄰居先生，您就別再舊事重提了。如果我沒記錯的話，這個珍珠寶貝的故事，您已經跟我說過好幾次啦。老天啊，我們一生畢竟就只愛這麼一次，所以請別再糟蹋這麼丁點的樂趣啊！」

「謝謝您的忠告！狐狸先生。不過，如果您認識我太太，就會比較了解我的感受了。」

「這是當然、當然的啊！她叫蓬蓬尾，是吧？真是個美麗的名字，聽了就想去撫摸一下呢！不過我想說的是，您應該有注意到麻雀的禍害又變得如何嚴重了吧？對此我有個小計畫。」

「為了對付麻雀嗎？」

「正是為了對付這麻雀。您聽著，我是這麼計畫的：我們在柵欄前面放些麵包，然後安靜地在一旁等待這些傢伙上鉤。如果這樣還抓不到一隻的話，那就見鬼了。您覺得如何？」

「非常好，鄰居先生。」

「那麼，請您去放些麵包吧。對，就這樣，非常好！不過，也許稍微放右邊一點，對我們來說會比較方便。可惜我現在手邊沒有東西了。這樣很好。注意了，我們現在躺著，把眼睛閉起來！噓，有一隻麻雀飛過來了。」（停頓）

「喂，狐狸先生，還沒什麼動靜嗎？」

「您還真是沒有耐心啊！您像是第一次打獵呢！一個獵人必須要能夠等待，等待、再等待。好啦，再來一次！」

「好的，咦，麵包哪兒去了？」

「您說什麼？」

「麵包已經不見了。」

「不可能！麵包呢？真的——不見了！真是該死！一定是那可惡的風！」

「嘿，我想不是這樣吧。我之前好像有聽到您在吃東西。」

「什麼？我在吃東西？吃什麼？」

「應該是麵包吧。」

「鼬鼠先生，您的猜測很侮辱人。我們偶爾是得忍受鄰居說三道四，但是這也太過分了。太過分了，我告訴您。您明白嗎？——您說我吃了那些麵包！那算哪門子話？我先是得聽您說那已經重複幾千次、極盡無聊的珍珠寶貝故事，然後我想了這麼一個好主意，去放麵包……」

「是我，是我放了那些麵包的。」

「——我們去放麵包，我躺在一旁留意著。一切進行得很順利，結果您突然說了一堆廢話，麻雀當然就飛走了啊。您搞砸了一切，結果還誣賴我吃了那些麵包！好，看我還會不會理您。」

我們就這樣輕鬆地度過了無數個下午和晚上。我的心情非常愉快，也工作得很起勁、有效率，反而懷疑自己以前怎麼那麼懶散、憂鬱。過去和李亞特共度的時光，也很快樂，但沒有比現在這樣寧靜、快活的日子來得美好。外面大雪紛飛，我們和一隻長毛狗舒服地窩在暖爐前。

為了這樣的日子，我親愛的波比卻不得不做出他生平第一次，也是最後一次的蠢事。由於對當下生活感到十分滿足，我自然像個瞎子沒有注意到，波比較以往更忍受病痛。然而，基於客氣與對我的情感，波比還是一副怡然自得的樣子，沒有抱怨，甚至也不禁止我抽菸，夜晚躺在床上獨自忍受著不適、咳嗽、輕聲呻吟。直到有一次，我在他隔壁房間裡寫東西寫到很晚，波比以為我睡著了，我才不經意聽到他的呻吟。當我拿燈突然走進他房間裡時，他簡直嚇呆了。我把燈擺到一邊，坐到他床邊，開始追問。他還試著閃避問題，不過最後還是被我問出來了。「也沒那麼嚴重啦！」波比羞怯地說道：「只是某些動作會有心臟抽痛的感覺，有時連呼吸也會。」他一邊直向我道歉，好像生病是犯了什麼罪似的。

隔天早上我去找醫生。那是一個寒冷而晴朗的好天氣，途中我的害怕和擔心緩和了不少。我甚至想到聖誕節，考慮著該為波比準備什麼禮物，好讓他高興高興。醫生還在家裡，在我急切請求下，跟我一起出來了。我們坐上他舒適的車子回到家，一起走上樓梯，進去波比的小房間。醫生便開始這裡按按、那裡敲敲，仔細聽診。當他的神情嚴肅了下來，語氣變慢時，我整個人再也高興不起來了。

痛風，心臟衰弱，病情嚴重。我聆聽著，記下所有事項。醫生建議將波比送醫院去，我竟然也沒表示意見，真是訝異。下午救護車帶走波比。我從醫院回到家，長毛狗跑來跟我撒嬌，看著一旁波比的大椅子，還有空蕩蕩的房間，我簡直受不了。

這就是所謂的愛，也會帶來痛苦。波比進了醫院後，我承受許多的痛苦。但這並不是重點。重要的是那種刻骨銘心的同甘共苦，那種與生命緊密相連的契合，還有那種愛是永恆的感覺。可以的話，我願意用過去所有的快樂，還有所有的愛戀與成為大文豪的想望，換取再一次的機會，希望能夠像當年一樣，得以望見神聖的殿堂。那或許令眼睛疲憊，讓人心痛，就連傲氣和自負也會受創，但人會變得平靜、謙遜，變得成熟，內心會更加生氣勃勃。

部分舊日的我已隨著金髮的小艾姬死去。現在，我將所有的愛給了波比，與他分享生活中的喜怒哀樂，此刻卻眼睜睜看著他受病痛折磨，慢慢走向死亡。我的心每天陪著他受苦，一起面對死亡的恐懼和神聖。在愛與被愛方面，我仍是個新手，卻就得學習死亡最嚴肅的一章。對於這段日子的點滴，我將不會像對那段巴黎生活般保持緘默。我將大聲地敘述這段時光，就像一個女人描述她的新婚，以及老人訴說他的青春一樣。

我望著一個一生只有苦痛與摯愛的人死去。在他感受死神召喚的時候，我聽到的是，他像個孩子似的開著玩笑。我看著他在疼痛萬分的時候，找尋我的眼神，並非想要乞求什麼，而是想讓我明白，所有的抽搐與疼痛並沒有耗損他的美好。他的眼睛變得很大，讓人看不到他那枯萎的臉頰，只有那雙炯炯發亮的眼神。

「波比，我能為你做些什麼嗎？」

「講些故事給我聽吧。就說說馬來貘吧！」

於是我跟他描述馬來貘的故事。他闔上了眼睛，我忍著即將潰堤的眼淚，像平常一樣敘述著。當我以為他聽不到，或睡著，停止了說話，他卻又張開眼睛。

「然後呢？」

我於是繼續說下去，說著關於馬來貘、關於長毛狗、關於我的父親、關於小惡魔馬提歐・斯比聶里、關於伊莉莎白的種種。

「是啊，她嫁給了一個笨傢伙。事情總是如此的，培德。」

他經常會突然聊起死亡：

「這一點都不好玩，培德。再艱難的工作都比不上死亡這件事。不過總會捱過的。」

或者；「撐過這些痛苦折磨，我就可以笑了。不過對我而言，死亡是值得的，因為這樣我就可以擺脫這駝背、短腳和歪斜了的臀。換做你的話，就太可惜了，因為你有寬大的肩膀和健美的雙腿。」

最後幾天裡，有一次他從小睡中醒來，大聲說道：「根本沒有神父描述的天堂。天堂美多了！美多了。」

木匠太太常常過來探望、關心，並給予實質的協助。遺憾的是，木匠卻完全漠不關心。

「波比，」我偶爾會問他：「你認為天堂裡會有馬來貘嗎？」

「喔，當然啦！」他點頭答道：「那兒每一種動物都有，連羚羊也有。」

聖誕節到了。我們在他的病床前小小慶祝了一番。嚴寒來襲，外面結了厚厚的霜，融化了，又被新雪所覆蓋。不過，我絲毫未加注意。聽說伊莉莎白生了一個小男娃，不過我馬上忘了。娜爾蒂妮太太寄來一封有趣的信，我草草讀完後，就把它擱到一旁。我快速趕完工作，深怕耽誤我和波比相處的時間，匆匆忙忙趕去醫院。那裡有著一股安撫的平靜。我會在波比床邊待上半天，沉浸在夢幻般安詳裡。

臨終前，他還過了幾天舒服的日子。令人驚訝的是，他無法辨識眼前，完全生活在早年的回憶裡。整整兩天裡，他不斷地說著他母親的事。他沒有辦法說得很久，但是看得出來，即使停頓了的時候，他仍然想著她。

「我太少對你說我母親的事了。」他懊惱著說：「你一定不能忘記關於她的種種，否則很快就再也沒人知道她，並且感激她了。培德啊，如果每個人都有這樣的母親該有多好啊！即使我無法工作了，她也沒有把我送去收容所。」

他躺在那裡，困難地呼吸著。一小時過後，又繼續開始：

「在所有的孩子裡，母親最喜歡我了。一直到過世前，都把我帶在身邊。兄弟們都搬走了，姊姊也嫁給了木匠，我則一直待在家裡。母親雖然窮，卻從來不要求我回報。你絕對不可以忘記我的母親，培德。她很矮小，也許比我還要矮。她將手放在我的手上時，就像一隻小鳥棲息在上面一樣。她過世時，鄰居魯提曼先生還說：『一個小孩的棺木就夠裝了。』」

……他自己也只需要一個小孩的棺木就夠了。他躺在乾淨的病床上，是如此瘦小，雙手看起來細長、蒼白又有點彎曲，猶如病婦的手一般。他不再冥想母親，就說起我的事情來了。說得彷彿我不在旁邊一樣。

「他當然是個倒楣的傢伙，不過對他來說沒什麼損失。他的母親過世得太早了。」

「你還認得我嗎，波比？」我問他。

「當然囉，卡門沁特先生。」他打趣地說道，輕聲地笑著。

「如果能唱歌，該有多好！」他接著說道。

臨終當天，他還問說：「喂，這醫院的花費貴不貴啊？也許會很貴。」

他並不期待任何回答，蒼白的臉頰泛起一抹紅暈，他閉起眼睛，有那麼一刻他儼然是非常幸福的人。

「時候到了。」他姊姊說道。

但是他又睜開了眼睛，調皮地看著我，並揚了揚眉頭，像在跟我打招呼似的。我站起來將手放到他的左肩下，輕輕撐起他來。這一向會讓他舒服一點。他倚著我的手，嘴唇因為疼痛又抽搐了一下，然後稍稍轉了轉頭，打了個寒顫，好像突然覺得冷。他獲得解脫了。

「這樣好嗎？波比。」我依然問著。但是他已經全身冰冷，從病痛裡解脫了。那是一月七號下午一點。黃昏時刻一切即已準備就緒。那瘦小畸形的軀體，直到下葬為止，都安詳、潔淨地躺在那裡，不再扭曲變形。這兩天，我常常覺得驚訝，自己並沒有特別感傷，也沒有不知所措，甚至沒掉過一滴眼淚。在他生病期間，我已經徹底感受離別在即的傷痛，現在反而能夠平靜面對，哀傷的心慢慢獲得鬆懈。

儘管如此，我還是覺得此刻應該離開這個城市，另外找個地方休息——也許是南方了。同時，也該認真地將腦中粗略、零碎的想法，編織成一部有條理的篇章。我身上還有些錢，所以就把書評的工作暫時擱下，準備春天一到，就打包動身。我將先到阿西西，因為娜爾蒂妮太太在那兒等著我去拜訪，然後就到山上一處安靜的地方歇腳，賣力地工作。我以為自己已經看夠生離死別，應該有資格對別人發表相關的思考了。我的心情輕鬆，迫不及待三月的到來，耳際已然迴盪著活力十足的義大利語，似乎都已經聞到義大利燴飯、柳橙和奇安提酒的香味了。

我越想越覺得這個計畫非常完美，頗為心滿意足。還好我先在想像中品嚐了奇安提酒的香醇，因為後來一切都跟預期大相逕庭。

二月中，故鄉酒館老闆尼德格先生寄來一封措辭絕妙、生動感人的信。信中提及村裡下了場大雪，家畜和村民都遭嚴重災害，我父親的狀況尤其不妙。總而言之，希望我能寄點錢回去，或是親自回去看看。由於不方便匯款，再加上真的擔心父親的狀況，我便回家一趟。到家的那天，天氣很糟糕。風雪交加，看不清楚山巒和房舍。所幸村裡的路我很熟，即使矇著眼，也能找到回家的路。出乎意料之外，老卡門沁特並沒有躺在床上，而是可憐兮兮、不發一語地坐在暖爐旁的角落。一個送牛奶過來給他的鄰居婦人，正不斷數落他糟糕的生活習慣，即使我進門了，也沒有打斷她。

「你看，培德回來了。」白髮蒼蒼的罪人說道，朝我眨了眨眼。

不過那鄰居一點也不為所動，繼續說教。於是我坐到一張椅子上，等待她的博愛消退。我覺得聽聽她說的，也沒什麼壞處。我一邊看著大衣和靴子上的雪花慢慢融化，然後在椅子周圍形成的一圈水漬，最後是一灘水。那婦人結束說話後，我才得以正式和父親來個相見歡。婦人也友善地加入行列。

父親的體力已大不如前。我又想起那段短暫照顧他的日子；當初離家顯然對他沒什麼幫助。他現在的確需要別人照顧，我只得照顧下去了。

畢竟不能指望一個打年輕時就沒什麼美德的老農，在他削瘦體弱的時候會變得溫和，並且感動地配合兒子的孝行演出。我父親也絕對不會這麼做，相反地，越是病重，越是折騰人。我曾經給過他折磨，現在即使沒變本加厲，他回報我的也是一筆一筆算得清清楚楚。不過他的話不多，小心翼翼的。然而即使不說話，他也有辦法表明他的不滿、刻薄和粗魯。我偶爾不免好奇地想著，自己老了是否也會變成這樣一個討人厭又難伺候的怪老頭。父親幾乎不能再喝酒了，我每天只讓他喝兩杯的南國出產的酒，他每次都擺出個臭臉，因為我會馬上把酒拿回地下室放；而地下室的鑰匙由我保管。

直到二月末，故鄉才出現晴朗的好天氣，使阿爾卑斯高地的冬天變得很美。白雪覆蓋的高山峭壁輪廓分明，襯著藍藍的天空，清新的空氣下，看起來距離很近。草原和山坡都覆蓋白雪，高山冬季特有的晶瑩剔透，洋溢大自然的氣息，是山間谷地見不到的景象。中午時分，耀眼的陽光在小山丘上開起閃亮派對，盆地裡和山坡上處處籠罩深藍的陰影。經過幾個星期白雪的洗滌，空氣變得乾淨清爽，徜徉在陽光下，每一口呼吸都是享受。孩子們在山坡上玩著雪橇，午後年紀大的人們會站在巷弄享受陽光，夜裡屋椽因結霜嘎嘎作響。那永不結冰的湖泊靜靜躺在一片白茫茫的雪地上，比夏天時還要美麗。每天午餐前，我都會扶著父親到門外，看他在暖陽下伸展棕色彎曲且長滿硬繭的手指頭。過一會兒他會開始咳嗽，並且抱怨起天氣冷。這是他想要來杯燒酒的小伎倆，其實他的咳嗽並不嚴重，天氣也不是真的那麼冷。他於是獲得一小杯龍膽酒或是苦艾酒，一喝完他就會很有技巧地慢慢停止咳嗽，暗自竊喜又誘騙了我一次。吃過飯後，我會留父親一個人在家，纏好綁腿，到山上健行數小時，直到返家的時候。回程我會把一個隨身攜帶的水果袋當成雪橇，順著覆雪的斜坡一路滑回家。

到了原本打算去阿西西的日子，外面仍積著幾呎深的雪。直到四月，才下起春雨。村子後山的雪立即迅速融化，是多年來沒有發生過的情況。日日夜夜都可以聽到焚風呼嘯、遠方雪崩轟隆隆的聲響，以及急流將大岩石塊和斷折的樹木沖到我們村落和果園的澎湃聲。焚風帶來的熱氣使我無法入睡，每個深夜我恐懼地聽著暴風呼嘯、雪崩轟隆作響，以及波濤洶湧的湖水嘩啦啦衝擊岸邊。在春天這場悶熱而瘋狂的搏鬥裡，一度克服的相思之苦再次重擊著我，迫使我起床，身體探出窗外，痛苦萬分地大肆呼喊對伊莉莎白的愛。自從蘇黎世那個溫暖的夜晚，我在艾兒米妮雅家上方的山丘為愛發狂後，再也沒有像現在這樣全然為激情吞沒。我時常覺得那美麗的女子就在附近，對著我微笑，但每當我趨前一步，她就後退。無論想起什麼，我的思緒都會回到這個畫面。就像一個受傷的人，總會忍不住一直抓那發癢的傷口。我感到慚愧，雖然只是徒增痛苦，一點好處也沒有。我詛咒焚風，但是痛苦之外，隱約有著一絲愜意。就像年輕時，每當想起漂亮的蘿西，就會陷入陰暗而溫暖的巨浪中。

我明白這病無藥可醫，所以多少試著做點工作。於是著手作品大綱的架構，寫了一些研究方案，但是不久又發覺時機不對。這段期間，焚風肆虐的報導從各方傳來，我們村子也災情不斷，溪流上方的水壩幾乎全毀，有些房舍、穀倉與馬廄遭到嚴重損壞，從偏遠村落湧進無家可歸的人們，怨聲四起，緊急狀況不少，唯一缺的就是錢。很幸運地，村長請我到他的辦公室，問我是否願意加入賑災委員會。村民相信我有能力代表全村向州政府要求支援，尤其是能藉報端，呼籲全國人民伸出援手。對我來說，這正是個好機會，讓我藉由參與這件正事，忘卻自己徒然的苦痛，所以我毫不考慮地加入了。透過信件，我很快就在巴塞爾募得一些捐款。不出意料，州政府沒錢補助，只有派了救難人員前來幫忙。因此我開始透過報紙，報導災情並呼籲大家援助，信件、捐款和詢問紛至沓來。除了處理文書往來，我還得擺平委員會與那些頑固農夫間的紛爭。

幾個星期辛苦而不得閒，對我助益良多。當一切事情慢慢步上軌道，不再怎麼需要我的協助時，周遭草原皆已轉綠，湖水也變得湛藍、平靜，積雪融化的山坡上，陽光普照。父親這一陣子的狀況還好，而我的愁緒也隨雪崩後混濁的冰水消逝殆盡。往日這個時候，父親會給小船上漆，母親從院子裡眺望著他，我也目不轉睛地看著他工作的樣子，看著他菸斗冒出來的煙，看著飛舞的黃蝴蝶。這一次沒有小船可漆，母親也早已過世，父親則悶悶不樂地蹲坐在殘破的屋舍一角。康拉德舅舅也令我憶及過往。我常趁父親不注意，和他一起去喝杯小酒，聽他自嘲過去那些個計畫，透露出一絲自豪。他目前沒任何新計畫，臉上不少歲月的痕跡，但是表情和笑聲仍洋溢著年輕男孩般的爽朗，令我愉快。在家受不了父親的時候，我常會去找他尋求慰藉、打發時間。上酒館的途中，他總是在我身邊快步走著，小心翼翼地讓自己那日漸瘦弱的雙腿跟上我的步伐。

「康拉德舅舅，你應該再去玩風帆。」我鼓勵他。每次說到風帆，我們就會想到那艘已經不存在的小船，心情彷佛哀悼一位至愛的亡魂，舅舅總是惋惜不已，而我以前非常喜歡那艘小船，因此也頗為懷念，我們於是聊起有關它的種種。

湖水依舊湛藍，陽光一樣溫暖燦爛。我這老男孩經常凝視著黃蝴蝶，感覺一切如昔，沒有多大改變，彷彿我可以再躺在草地上，編織青春的夢想。然而，每當洗臉時，看著生鏽臉盆裡的倒影，一個掛著大鼻子和乖僻嘴形的頭，我立刻明白，那是不可能的，人生中最美好的部分已經一去不復返。老卡門沁特的存在，更證明了時代的更替。要完全回到現實，只需打開房間裡那只塞得滿滿的抽屜，裡面躺著我未來的作品，那是一包陳舊的隨筆，和六、七篇大綱草稿。不過我很少去打開那個抽屜。

除了照顧父親之外，整理家務也花費我不少精力和時間。地板上坑坑洞洞；爐灶也壞了，油煙四散，使得屋裡臭氣滿天。門沒有辦法上鎖。通往以前父親處罰我的頂棚樓梯，也已破損不堪。要修繕這些地方，必須先磨利斧頭和鋸子、借鐵鎚、找釘子，然後從那些以前留下、快腐爛的木頭堆裡，挑選可以使用的出來。在修理工具和老舊的基石上，康拉德舅舅幫了我一點忙，不過，畢竟年紀實在太大，身子又駝，能做的不多。於是我那雙細嫩的書生之手，便被粗糙的木頭刮得傷痕累累。踩著搖搖晃晃的基石，爬上到處漏水的屋頂，東釘釘西敲敲，蓋上木瓦片，再仔細刨平，我那業已變胖的身軀立刻汗流浹背。修屋頂的時候，我偶爾會突然停止釘錘，坐下來抽一口雪茄，凝望著藍天，享受著短暫的偷懶，一邊得意地想父親再也無法催促或責罵我了。漸漸地，讓我贏得了「敦親睦鄰」的名聲，到處傳開來。鄰居婦人、老人或學童經過，我都會藉機和他們閒聊一番。

「莉絲貝特，今天天氣挺暖和的，你說是吧？」

「是啊，培德。你在做什麼啊？」

「在修屋頂呢。」

「是啊，這間屋子早就該好好整修了。」

「沒錯，沒錯。」

「您父親好嗎？他快七十歲了吧。」

「是八十歲，莉絲貝特，八十歲囉！等我們也到這個年紀，會是什麼模樣啊？一定不好玩。」

「是呀，培德。我得走了，我先生等著吃飯呢！保重啊，培德。」

「再見囉，莉絲貝特。」

望著她提著飯盒離去，我邊吐著煙，邊想著：為什麼所有人都勤勞地在崗位上努力，而我卻連著兩天都在釘同一塊木板呢？不過，屋頂總算是修好了。出乎意料的，父親對修葺好的屋頂很感興趣。我無法將他背到屋頂去，只得詳細地描述給他聽，解釋每一塊瓦片的放置情形，即使過程有些誇張，應該也無傷大雅。

回想過去的漂泊與歷練，我又喜又惱地發現自己的人生正應證了古老諺語：魚離不開水，農夫離不開土地。尼米坎的卡門沁特，即使習得所有技藝，也不可能成為城市與世界之子。我說服自己接受先人的智慧，同時慶幸，自己為了追求遠大的幸福，愚蠢地踏遍各地，兜了個圈，終究還是事與願違，回到這個湖山環繞的老地方。這兒是我命定的歸屬，在這裡，我的道德和包袱，尤其是後者，只是因循傳統而來。在外頭流浪時，我曾忘卻故鄉，自認是個孤僻的怪人，現在才明白，原來是骨子裡的尼米坎的精靈在作祟，使我無法適應。這裡沒有人覺得我奇怪，望著父親和康拉德舅舅，我覺得自己真是個稱職的兒子和外甥。在知性領域和所謂知識的國度裡闖盪，完全媲美舅舅那有名的風帆之旅，只是我所付出的金錢、精力和青春比他還多。自從庫歐尼堂哥幫我修剪鬍子，我又穿起吊帶褲、套著襯衫袖四處走動，我儼然已是一個不折不扣的本地人。待我成了白髮蒼蒼的老頭時，將自然而然取代父親的位置，在村裡扮演一個小角色。村裡的人只知道我曾在外地闖了許多年，我刻意不讓他們知道，我曾做過哪些卑微的工作、掉進多少個泥淖、出過什麼糗，以免馬上有個綽號來嘲笑我。我描述在德國、義大利或巴黎的經歷，總會誇大其辭，後來連自己都懷疑它的真實性。

在經歷這麼多考驗，浪費這麼多青春後，我得到了什麼呢？那個直到今日我仍深愛著的女人，在巴塞爾撫養著兩個可愛的孩子。另外那個曾經愛著我的女人，已另尋歸宿，繼續做著販賣蔬果和種子的生意。而促使我回鄉歸巢的父親，既沒過世，也沒康復，正坐在對面的小躺椅上看著我，羨慕我擁有地下室的鑰匙。

不過這並不是全部呀！除了母親和溺斃的李亞特外，我還有金髮小艾姬和波比在天堂裡當天使。而且我也參與了村子裡的房舍翻修，以及兩座水壩的修復工程。只要願意，我甚至可以加入村議會。雖然裡頭的卡門沁特已經夠多了。

最近我又看到了另一個遠景。以前父親和我常上門喝維爾特林酒、瓦力斯酒或瓦特蘭酒的那家酒館老闆尼德格，身體每況愈下，沒興趣再做生意了。前幾天他向我訴說他的困境，最糟的是，萬一村裡沒人頂下店面，而由外地的啤酒廠買走的話，這間酒館就毀了，尼米坎村也再沒有喝酒的好去處。比起葡萄酒，承租商當然比較喜歡賣啤酒，這麼一來，一定會荼毒尼德格的葡萄酒窖。自從知道這件事後，我一直坐立不安。我在巴塞爾的銀行裡還有點積蓄，尼德格也應該會認為我是個不錯的接班人。唯一的問題是，父親在世時，我不想成為一個酒館老闆，否則，首先我就無法阻止父親喝酒。再者，父親恐怕會洋洋得意，因為我學了拉丁文，而且讀了那麼多書，終究只是個尼米坎村的酒館主人，毫無成就可言。這可不成，於是我竟開始有點期待父親過世，並非等不及，只是為成全一樁善舉。

沉寂多年後，康拉德舅舅最近又蠢蠢欲動。不過，我一點也不喜歡看到這種情況。他總是嘴裡含著食指，若有所思地皺眉，在房間裡急促地來回踱步，遇到天氣便不時凝視著湖面。「我總覺得，他又想造船了。」他太太雀琪納說道。的確，他很久沒像現在這樣，這麼意氣風發了，臉上充滿了自信，彷彿他非常清楚，這一次該如何著手。不過，我不認為會有什麼事情發生，那只是疲憊的靈魂，渴盼著翅膀好飛回家。舅舅，您要揚起帆啊！如果他的時間到了，那麼尼米坎的村民肯定將有一點前所未聞的經歷。我打算在舅舅的喪禮上，等神父禱告完後，在他的墓旁說些話，稱頌舅舅是個蒙主恩寵的靈魂，然後在撫慰人心的追思中加油添醋，讓他的家人無法馬上忘記並原諒我。但願父親屆時還能在場。

抽屜裡放著我那本巨著的開端——或許稱為我的「畢生之作」，不過聽起來有點矯情，最好不要這樣稱它，我必須承認，故事的發展和結尾還不確定。或許哪天我又會重新開始，編織情節發展，再將它完成，那麼我少年的企盼才是正確，我真的成了一位文豪。

對我來說，寫作和村議會或是石頭水壩一樣有價值，或者更為珍貴。然而，過往的歷練和曾經邂逅的親愛朋友——從苗條的蘿西到可憐的波比，才最深植我心。

赫曼・赫塞年表

柯晏邾／彙整　主要資料來源／德國舒爾坎普出版社

一八七七　七月二日誕生於德國卡爾夫（Calw）。

父：約翰・赫塞（Johannes Hesse, 1847-1916），原籍俄羅斯愛沙尼亞，波羅的海地區傳教士，也是後來成立「卡爾夫出版聯盟」領導人，一八六九～七三在印度傳教。

母：瑪麗・袞德爾特（Marie Gundert, 1842-1902），當時聞名的印度學家、語言學家，也是傳教士赫曼・袞德爾特（Hermann Gundert）的長女。

一八八一～八六　與雙親定居瑞士巴塞，父親在巴塞教會學校授課，八三年取得瑞士國籍（先前為俄國國籍）。

一八八六～八九　全家返回卡爾夫定居，赫塞上小學。

一八九〇～九一　進入葛平恩（Göppingen）拉丁文學校就讀，準備參加伍爾騰山邦（Württemberg）的國家考試，以獲得圖賓恩（Tübingen）教會神學院免費入學資格。獲得獎學金後，赫塞必須放棄原有的巴塞公民籍，他的父親於是為他申請，於九〇年成為全家唯一具有伍爾騰山邦公民籍的家族成員。

一八九一～九二　進入茅爾布隆（Maulbronn）新教修道院，七個月後中斷逃校，因赫塞「只想當詩人」。

一八九二　四、五月進入波爾溫泉（Bad Boll）宗教療養中心療養，六月試圖自殺，之後被送進史戴登（Stetten）神經療養院直到八月。十一月進入堪史達特中學（Gymnasium von Cannstatt）。

一八九三　七月完成一年自願畢業考。
「變成社會民主黨人跑酒館。只讀我極力模仿的海涅作品。」
十月開始書商實習，三天就放棄。

一八九四～九五　在卡爾夫佩羅塔鐘工廠實習十五個月。計畫移民巴西。

一八九五～九八　在圖賓恩學習書商經營學。
九六年於維也納發表第一首詩〈德國詩人之家〉（刊登於維也納的報刊雜誌上）。
九八年十月出版第一本著作《浪漫詩歌》。

一八九九　開始寫作小說《無賴》（Schweineigel）（手稿迄今下落不明）。
散文集《午夜一點》（Eine Stunde hinter Mitternacht）於六月出版。
九月遷居巴塞，直到一九〇一年赫塞在此地擔任書商助理。

一九〇〇　開始為《瑞士匯報》（Allgemeine Schweizer Zeitung）撰寫文章與評論，這些文章比書「更有助於我在當地的聲名擴張，對我的社交生活頗多助益。」

一九〇一　三至五月首遊義大利。八月開始在古書店工作（直到〇三年春）。

出版《赫曼・勞雪的遺作與詩作》（Die Hinterlassenen Schriften und Gedichte von Hermann Lauscher）。

一九〇二　詩集於柏林出版，並題文獻給不久前去世的母親。

一九〇三　辭去古書店的工作。

將《鄉愁》（Camenzind）手稿寄給柏林的費雪出版社（Fischer Verlag）。

五月和攝影師瑪麗亞・貝努麗（Maria Bernoulli）訂婚，之後一同前往義大利。

十月開始在卡爾夫寫作《車輪下》（Unterm Rad）等（直到〇四年）。

一九〇四　費雪出版社正式出版《鄉愁》。

結婚，六月遷居波登湖畔（Bodensee）的該恩村（Gaienhofen）一個閒置農舍。

成為自由作家，為許多報章雜誌撰稿（包括《慕尼黑日報》、《萊茵日報》、《天真至極》（Simplicissimus）等等）。

一九〇五　出版研究傳記《薄伽丘》（Boccaccio）與《法藍茲．阿西西》（Franz Assisi）。長子布魯諾誕生於十二月（Bruno Hesse, 1905-1999，畫家／插畫家）。

一九〇六　《車輪下》正式出版。《三月雜誌》（März）創刊，是一份鼓吹自由、反對德皇威廉二世統治的雜誌，赫塞直到一九一二年都列名共同出版人。

一九〇七　出版短篇小說《人世間》（Diesseits）。在農舍附近另築小屋並入住。

一九〇八　出版短篇小說《鄰居》（Nachbarn）。

一九〇九　次子海訥誕生於三月（Hans Heinrich Hesse, 1909-2003，裝潢設計師）。

一九一〇　小說《生命之歌》（Gertrud）在慕尼黑出版。

一九一一　三子誕生於七月（Martin Hesse, 1911-1969，攝影師）。詩集《行路》（Unterwegs）在慕尼黑印行。九月至十二月偕畫家友人一同前往印度。

一九一二　出版短篇小說《崎嶇路》（Umwege）。和家人遷居瑞士伯恩，住進逝世友人也是畫家亞伯特．威爾堤（Albert Welti）的房子，此後終生未再返回德國。

一九一三　出版《來自印度，印度遊記》（Aus Indien. Aufzeichnungen einer indischen Reise）。

一九一四　費雪出版社三月出版小說《羅斯哈德之屋》（Roßhalde）。第一次世界大戰爆發，赫塞登記自願服役，卻因資格不符被拒。一五年被分發到伯恩，服務於「德國戰俘福利處」，直到一九年為法、英、俄、義各地的德國戰俘提供讀物，出版戰俘雜誌。

一九一五　戰爭之初赫塞即公開發表一些反戰言論，此舉引起法國文學家、和平主義者羅曼・羅蘭（Romain Rolland, 1866-1944，是年獲頒諾貝爾文學獎）的共鳴，主動寫信向赫塞致意，兩人從此展開跨國際友誼。

一九一六　赫塞的父親逝世，妻子開始出現思覺失調症（精神分裂症狀），最小的兒子罹患危及生命的腦膜炎，德國境內對赫塞的政治性抨擊日益強烈，最後導致赫塞神經不堪負荷，到瑞士琉森接受榮格（C. G. Jung, 1875-1961）的學生所進行的初次精神治療。《德國戰俘報》及《德國戰俘周日報》創刊。

一九一七　成立專為戰俘服務的出版社，直到一九年為止赫塞共編輯了二十二本書，在德、瑞士及奧地利報章雜誌發表許多和平主義相關文章、公開信等。
德國國防部禁止赫塞出版批評時事的文字，開始以筆名愛米爾・辛克萊（Emil Sinclair）在報章雜誌發表文章、寫作。

一九一九

在伯恩匿名出版政治性傳單《查拉圖斯特拉再現，一個德國人想對德國年輕人說的話》（Zarathustras Wiederkehr. Ein Wort an die deutsche Jugend von einem Deutschen）。
四月和住進療養院的妻子分居，孩子交給朋友照料。
五月獨自遷居瑞士鐵辛邦（Tessin）蒙塔紐拉（Montagnola）的卡薩卡慕齊之屋（Casa Camuzzi），直到一九三一年。
六月《徬徨少年時》（Demian）於柏林出版，以筆名愛米爾・辛克萊發表。
六、七月間以十個星期的時間完成短篇小說《克萊與華格納》（Klein und Wagner）。
七月首次前往卡羅納（Carona）拜訪提歐及麗莎・溫格（Theo & Lisa Wenger），進而結識後來的第二任妻子露特・溫格（Ruth Wenger, 1897-1994）。
十月底「愛米爾・辛克萊」獲頒馮塔納獎（Fontane-Preis），獎金六百德意志帝國馬克，後來奧托・佛拉克（Otto Flake）揭露辛克萊即為赫塞，於是歸還獎金。

十二月開始為《流浪者之歌》寫下研究筆記。

一九二〇

二月，開始寫作《流浪者之歌》。

四月，劇作《歸鄉人》（Heimkehr）第一幕發表。

九月二十六日與羅曼·羅蘭在瑞士盧加諾會面，之後羅蘭也常到蒙塔紐拉拜訪赫塞。

十二月結識後來為他寫傳記的雨果·巴爾（Hugo Ball）。

一九二一

謄寫《流浪者之歌》第一部，將〈戈塔瑪〉一章寄給巴塞的地方報社刊登。

二月前往蘇黎世接受榮格的心理分析，並且在榮格的「心理分析俱樂部」朗讀作品。

五月，露特·溫格到蒙塔紐拉拜訪赫塞。後來直到七月間多次接受榮格的心理分析。

七月，將《流浪者之歌》第一部正式題字獻給羅曼·羅蘭，發表於《新評論》（Neue Rundschau）。

七月初開始密集拜訪溫格一家，露特的父親強烈要求赫塞與露特結婚。

一九二二

三月底，赫塞重拾《流浪者之歌》第二部的寫作。

五月初完成《流浪者之歌》，五月底，赫塞將手稿寄給費雪出版社。

十月，《流浪者之歌——印度詩篇》（Siddhartha, eine indische Dichtung）一書正式出版。

一九二三 出版《辛克萊筆記》（Sinclairs Notizbuch）。
六月正式和妻子離異。

一九二四 重新取得瑞士國籍。在巴塞著手準備出版企劃。
和露特·溫格結婚。

一九二六 被普魯士藝術學院推選為外部文學院士，三一年又主動退出：「我有種感覺，下一次戰爭發生，這個學院許多人將會蜂擁附和那些重要人士，就像在一九一四年一樣，這些大人物在國家公約裡就一切攸關生死的問題欺騙人民。」

一九二七 出版《紐倫堡之旅》（Die Nürnberger Reise）及《荒野之狼》（Der Steppen-wolf），同時由雨果·巴爾撰寫的第一本赫塞傳記在赫塞五十歲生日出版。
依照第二任妻子的願望，兩人離婚。

一九二八～二九 出版少量散文和詩集。

一九三〇 出版《知識與愛情》（Narziß und Goldmund）。

一九三一 遷入波德默（H. C. Bodmer）為他所建並供他餘生居住的房子。
和藝術史學家妮儂·多賓（Ninon Dolbin）結婚。

一九三二　《東方之旅》（Die Morgenlandfahrt）於柏林出版。

一九三二～四三　撰寫晚年巨著《玻璃珠遊戲》（Das Glasperlenspiel）。

一九三四　成為瑞士作家協會一員（該協會成立目的在於防禦納粹文化政策，並提供退休作家更有效的協助）。

詩集《生命之樹》（Vom Baum des Lebens）出版。

一九三九～四五　納粹德國政權將赫塞作品列入「不受歡迎名單」內，《車輪下》、《荒野之狼》、《觀察》（Betrachtung）、《知識與愛情》、《世界文學圖書館》（Eine Bibliothek der Weltliteratur）不得再版。原本費雪出版社計畫出版的《赫塞全集》被迫改在瑞士印行。

一九四二　費雪出版社無法取得印行《玻璃珠遊戲》許可。赫塞全集第一冊《散文詩》，在蘇黎世印行。

一九四三　自行在蘇黎世出版《玻璃珠遊戲》。

一九四四　納粹蓋世太保逮捕赫塞作品出版人舒爾坎普（Peter Suhrkamp）。

一九四五　出版《貝爾托德，小說殘篇》（Berthold, ein Romanfragment）、《夢幻之旅》（Traumfährte）（新的短篇小說和童話作品）。

一九四六　在蘇黎世出版《戰爭與和平》（Krieg und Frieden），收錄一九一四年以來有關戰爭和政治的觀察評論，之後赫塞的作品又得以在德國印行。

法蘭克福市授與「歌德獎」。

獲頒諾貝爾文學獎。

一九五〇　赫塞鼓勵舒爾坎普成立自己的出版公司，此後赫塞作品都由該出版社發行。

一九五二　舒爾坎普出版社印製六冊的《赫塞全集》當作赫塞七十五歲生日的祝賀版本。

一九五四　《皮克托變形記，童話一則》（Piktors Verwandlung. Ein Märchen）於法蘭克福出版。《赫塞與羅蘭書信集》（Der Briefwechsel: Hermann Hesse – Romain Rolland）在蘇黎世出版。

一九五五　《召喚，晚年散文新篇集》（Beschwörungen, Späte Prosa / Neue Folge）出版，獲頒德國書商和平獎（Friedenspreis des Deutschen Buchhandels）。

一九六二　八月九日，赫塞逝世於蒙塔紐拉。

國家圖書館出版品預行編目（CIP）資料

鄉愁／赫曼．赫塞（Hermann Hesse）著；柯麗芬
譯. -- 二版. -- 臺北市：遠流, 2017.06
面；公分. --（赫曼赫塞作品集；E0505）
譯自：Peter camenzind
ISBN 978-957-32-8009-5（平裝）

875.57 106007522

赫曼赫塞作品集 E0505

鄉愁

文／赫曼．赫塞　譯／柯麗芬　審定／陳玉慧

總編輯：黃靜宜
主編：張詩薇
執行編輯：蔡昀臻
行銷企劃：叢昌瑜、沈嘉悅
封面設計：林小乙
內文編排：丘銳致
輸出印刷：中原造像股份有限公司

發行人：王榮文
出版發行：遠流出版事業股份有限公司
地址：104005 台北市中山北路一段 11 號 13 樓
電話：（02）2571-0297
傳真：（02）2571-0197
劃撥帳號：0189456-1
著作權顧問：蕭雄淋律師
二版一刷：2017 年 6 月 1 日
二版五刷：2024 年 1 月 15 日
ISBN：978-957-32-8009-5
定價：新台幣 280 元

ylib 遠流博識網 http://www.ylib.com
e-mail:ylib@ylib.com